OS DISCOS DO
CREPÚSCULO

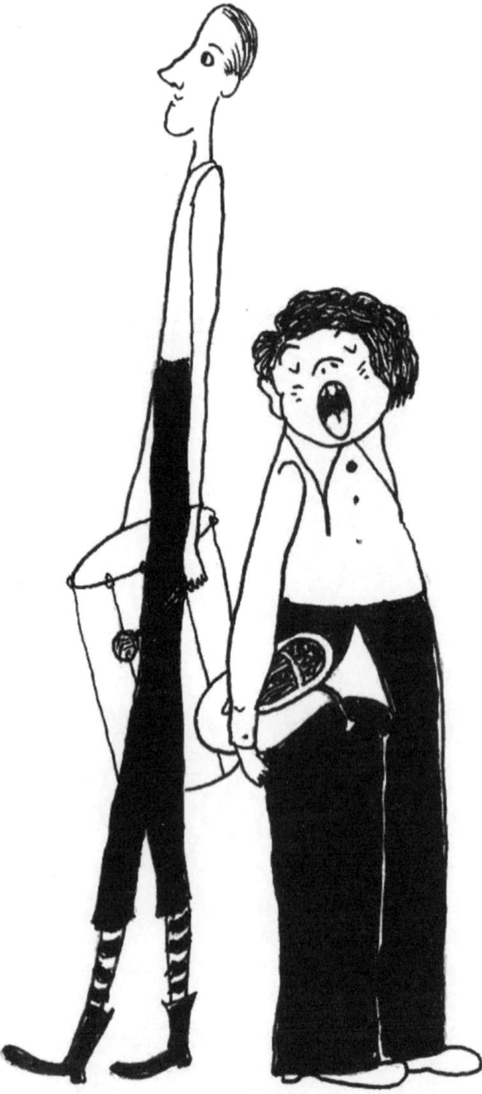

OS DISCOS DO
CREPÚSCULO

Cadão Volpato

DESENHOS DO AUTOR

nhamba
EDITORA

para Federico Mengozzi e Carlos Zen

in memoriam

SUMÁRIO

Apresentação:
Música do declínio, sons do poente, por Mauro Gaspar 11

1

A Supersônica 19

Pele de raposa 23

Tony Osanah 27

A passagem do tocador de cítara 29

O papel de Lola 33

O perdão de Frederico Venti Silva 37

Mahavira 41

A viagem de Federico Biglione ao Brasil 47

Cidade das estrelas 71

Trio 77

Os russos 85

Um mistério nos Electric Lady Studios 91

2

Aquela plenitude 105

Levamos um mundo novo em nossos corações 109

Conversa no sol frio 115

Conto de Colônia 119

Limbo habanero 121

A condessa do Harlem 131

Linda demais para acabar bem 141

Casanova em Milão 147

Os discos do crepúsculo 155

A hora do jazz 163

"Um só disco já rouco em toda a ilha"
Elio Vittorini, *Sardenha como uma infância*

Música do declínio, sons do poente

1

Eu ainda tenho fotos daquela época. Poucas, verdade. Mas nem sempre precisamos de fotos para lembrar. Pode ser um desenho, ou um acorde. A frequência crepuscular é um tom. É a música que flui dentro da gente e carregamos pela vida, que nos preserva e preserva nossa identidade, fora do cotidiano, da turbulência, como se fosse o som do coração. E é.

Cadão Volpato toca os discos do crepúsculo na rotação certa, sem pressa e sem tristeza. Para o leitor, para si mesmo. Ouvimos (lemos) uma espécie de música em declínio, na qual o que se declina é a fluência tranquila de um barco no horizonte, partindo, ou chegando, para uma festa do passado ou do futuro, enquanto o presente segue seu ritmo inexorável, produzindo novas memórias e sonhando antigas.

Autor de sete livros de ficção (quatro de contos — este é o quinto —, um romance e dois infantis), Cadão é também um dos grandes letristas "ocultos" do ouvido popular dominante, a voz do Fellini, a banda cujo nome homenageava o Federico e já indicava a importância da cultura italiana como referência de jornada. A banda-culto do letrista-cantor-oculto atravessou os anos 80 e declinou e inclinou e morreu e renasceu quantas vezes deu na telha — na verdade, todas as vezes que pareceu necessário, e desnecessário. Cadão estava lá, e está aqui. E isso é importante porque este é um livro sobre os anos 80. Sobre a música dos anos 80. Sobre ouvir, e fazer, e viver, música naquela década. Sobre crescer nos anos 80, em São Paulo, no mundo, ouvindo música, fazendo música, vivendo música. Sem saudosismo.

E não é sobre isso. Não é apenas sobre isso. Porque a vida continuou depois dos anos 80, e depois dos anos 90, e depois dos anos 2000. E vai continuar. E nós vamos seguir ouvindo música no horizonte crepuscular, músicas de vida e de morte. Porque o crepúsculo tem a ver com a morte, tem a ver com escurecer, tem a ver com desaparecimento, e tem a ver com a vida — pois, como diria o velho bom cummings, na transcriação de Augusto de Campos: o mais que morre, o demais que é ser.

Então, na verdade, este é um livro sobre música, a música da vida.

2

Há uma qualidade tonal comum a alguns escritores contemporâneos que parece difícil de definir. Alejandro Zambra,

Eduardo Halfon, o Sergio Sant'Anna dos livros mais recentes, Julián Herbert. As formas breves de Ricardo Piglia, os escritos de John Cage, a Linha M de Patti Smith. Cadão Volpato. É uma certa falta de pressa, um texto que não se impõe ao leitor pelo volume ou altura da voz, mas pelo espaço, pela brecha, pela lacuna, pelo silêncio e pela pausa, como se fosse um convite a uma meditação sobre o que flui – memórias, inventos, quedas tranquilas. "A quietude é quase um sonho", como já cantou o próprio Cadão.

O letrista de versos inesperados e imagens imprevisíveis, sempre belos, quase sempre doces, permanece no escritor, nas narrativas pontuadas por associações às vezes surpreendentes, improváveis, guiadas por uma assertividade meio desinteressada, distanciada, quase um comentário sobre a concretude volátil da existência, essa pedra desmanchando nas mãos que é a vida. Um comentário construído com um falso distanciamento que se entrega na doçura da memória, como num carinho ou na lembrança matinal de um sonho bom que segue acompanhando o dia seguinte.

Um outro modo narrativo: como uma ciranda, seguir a associação de ideias, de nomes, de aromas, de sons – associação pela memória. O modo mais clássico é a associação que serve ao enredo, o encadeamento de eventos que constroem a narrativa. São duas formas de fluir. Uma flui tranquila o fluxo da memória e convida o leitor a entrar num espaço compartilhado, a outra faz o leitor fluir o espaço dado, segui-lo, por dentro de si ou por dentro da história — algo que se dá de um lado, algo já dado de outro.

São tipos de espaços distintos. João Gilberto oposto a Chico Buarque, o Fellini de *Só vive duas vezes* e *Três lugares diferentes* oposto a bandas contemporâneas suas como Ira! ou Titãs ou a outros discos seus, como *O adeus de Fellini*. O trumpete cool de Miles e o sax de Bird. Patti Smith e Philip Roth. Ritmo, sensação. A respiração é a de quem ouve/lê, e projeta no espaço aparentemente imóvel seu próprio movimento de imobilidade flutuante.

3

A associação de ideias pela memória, forma e modula uma narrativa cujo tom é a suave intimidade. Uma narrativa intimista, no sentido de criar um espaço comum de convivência e contorno, construção — não tem a ver com o sentido intimista de algo (música, texto, filme, festa, amor, sexo) positivo, não problemático, calmo, bem-resolvido e cheio de boas intenções. A doçura aqui é outra, é a do sentido efêmero das coisas, do que veio e já foi, da transitoriedade do sorriso da vida.

"M" de memória, a linha mnemônica, e no entanto não memorialística, nada saudosista, o biográfico sem o fetiche do factual ou de um mundo melhor que não volta mais. Sem tranco, a velocidade está em outra perspectiva, não obriga. A falsa banalidade do cotidiano, do despretensioso, da memória poética, dos discos que se põem na vitrola, na lembrança — e no horizonte.

Como um barco ao longe partindo ou chegando, aparecendo e desaparecendo e reaparecendo em lugares e tempos distintos da memória, *Os discos do crepúsculo* é um livro musical nômade que viaja por São Paulo, Londres, Havana, Lisboa, Roma, Nova York, Colônia. Declinando cidades e nomes e épocas e sons de um mundo que se move rápido mas é visto pela lente enevoada e ralentada da recordação tranquila.

Afinal, uma queda pode ser suave, e o declínio não é necessariamente negativo, assim como o trecho descendente que forma a segunda metade do arco pode ser um lento deslizar para fora de um sonho (e para dentro de outro, na vigília) ou para fora do corpo de quem se ama, naturalmente, esvaziado, já dentro da frequência amorosa que flui outro tom.

É tempo de ouvir o que se declina da música, o som que flui do poente, da "hora do jazz", como o título do conto que fecha o livro. Hora de escutar uma voz que não tem pressa em dizer que não guarda mais fotos daquela época, mas se recorda.

O "disco poente" desaparecendo no crepúsculo é o que surge na aurora de quem está do outro lado do horizonte. Parafraseando Eliot, o fim está no começo, e o começo está no fim. E lembrar é quase como sonhar.

Mauro Gaspar[*]

---

[*] Mauro Gaspar é editor, jornalista e tradutor.

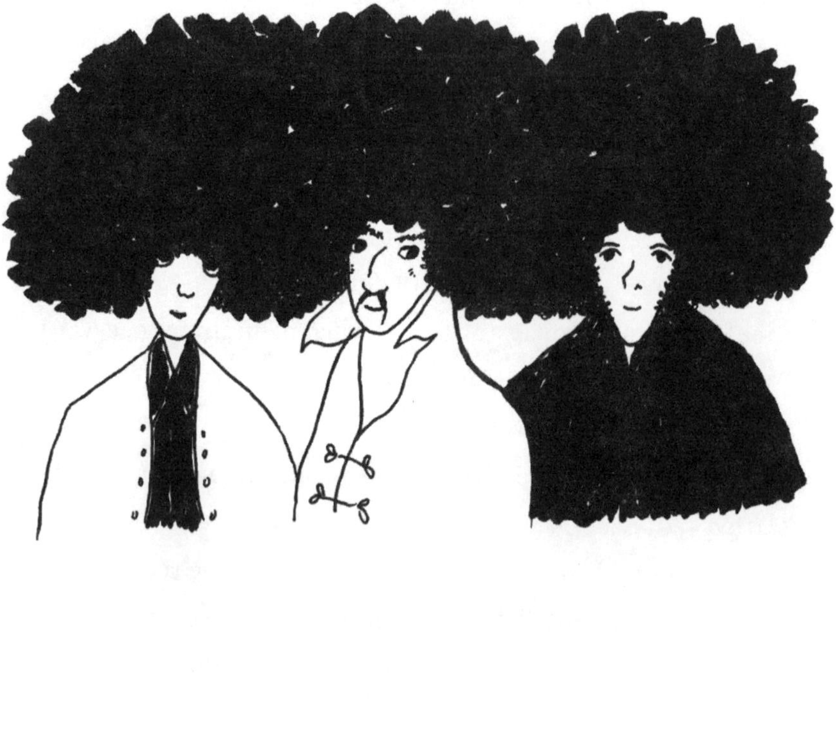

1

A Supersônica

O que era aquela música no começo dos anos 70 que não significava nada? Da perspectiva dos grupos de baile, como o Super Som T.A., de milhares de cartazes colados nas paredes chamando para a música ligeira de todos os sábados; do ponto de vista de Cornelius Lúcifer, o vocalista de calças apertadas, bocas de sino e coletes minúsculos com franjas, andrógino; pensando nos sons progressivos e pesados, nas letras estapafúrdias, nas tristes baterias Pinguim; na guitarra Giannini de Fred Silver; no Teatro Aquarius, no Bexiga, onde as bandas se apertavam para tocar; na maconha que a polícia havia plantado em algum momento dos anos 60; nos cabelos compridos e nos saltos de plataforma. Nas cabeças de vento, nos cabelos ao vento; na ditadura (e na MPB e nas letras censuradas). Pensando nesse panorama, não existia nada em matéria de rock. Então era um terreno franco e natural, aberto a novas perspectivas, novos aventureiros, novos santos relutantes.

    Fred estava na loja quando viu se aproximar um garoto com um cabelo crespo armado como um black power, um cara muito branco, de olhos pálidos e uma expressão de contentamento ao estender-lhe a mão: era Afonso, mas todo mundo o chamava de Fon. Fon era engraçado. Parecia Noel Redding, o baixista de Jimi Hendrix. Ele estava ali mesmo, entre outros discos, na capa psicodélica de *Are You Experienced?*, que Fred segurava em seu ponto imóvel do tabuleiro, encostado na prateleira.

Deve dar um trabalho dos diabos manter um cabelo assim. Dá mesmo, o garoto disse.

Ele tocava bateria. Que bateria você tem? Uma Pinguim. Claro. Sei que você toca guitarra. O Vecchione ali (o dono da loja) disse que a gente devia fazer um som. Ficou apontando para o Vecchione. Eu estaria bem a fim de tocar, ele disse. Usava um casaco com uma pele no pescoço, na camisa preta de bolinhas brancas a gola esvoaçava. Fred ficou pensando, sem chegar a nenhuma conclusão. Tinha uma Giannini vagabunda. Bom, é o que a gente tem. E saíram para tomar um café. Fon era bem mais baixo que ele, parecia um filhote de cachorro com aquela pele. Fred disse isso. Vecchione chegou junto e ficou por perto. Eles tomaram café sem dizer muita coisa. Fon chamou Vecchione. Vecchione veio se juntar a eles. Fred, muito magro e alto, dava a impressão de que poderia quebrar. Vecchione pediu uma bebida. Fon pediu também, a mesma. Fred não bebia, o que os deixou preocupados. Você também não fuma? Não. É um santo, murmurou Vecchione. Fon estava se divertindo. E aí? E aí o quê? Vamos tocar? Vamos nessa. Onde é que você achou esse casaco? Roubei da minha avó.

O Monstro foi apresentado de outra forma. Ele era muito tímido. Apresentar um monstro é complicado, disse Vecchione. Fon riu. Aconteceu no interior da loja. O Monstro era muito feio, mas tinha uma simpatia natural. Olhava para as coisas com uma enorme curiosidade. Talvez porque se sentisse banido desse mundo, tudo interessava. Era mais alto que Fred. Apertou a mão dele. Tocava baixo. Seus dedos eram calosos, as mãos, enormes, a pele, de uma superfície lunar. Que baixo você tem? Um meio vagabundo. E riu com certa tristeza. Falava baixo. Sua voz era profunda e grave. Como era feio! Todos nós temos instrumentos vagabundos, disse Fon. Amplificadores valvulados. Isso é bom, interrompeu Vecchione. Foi quando um gringo se aproximou e falou com eles num sotaque portenho. Desculpa, vocês não precisam de um tecladista? Tinha uma franja e um cabelo comprido cortado em camadas, um bigode cujas pontas desciam pelo maxilar. Miguel Ángel, *mucho gusto*. Que teclado você tem? Ah, é muito bom. Não é vagabundo? Então não dá pra te aceitar. Veja bem, respondeu o argentino, e apoiou o queixo na mão esquerda. Eu estava mesmo para trocar de instrumento, mas vou ficar com ele e tocar com vocês. O *pobrecito* já foi um Hammond. Você parece o Serpico, disse Fred. Se deixar crescer a barba vai ficar igual o Serpico. *Gracias*. Vecchione os levou para fora da loja e pagou um café para todo mundo na galeria. Mal tinham se encontrado e Miguel perguntou pelo nome da banda. Fred olhou para a tabuleta gótica no alto da loja e disse. A Supersônica. E Miguel ecoou o nome escandindo as sílabas com as mãos, num letreiro imaginário. La-Su-per-só-ni-ca.

Pele de raposa

Parece pele de raposa, ele falou, e fez um carinho na gola do casaco de Lola. Era um cara que pouco antes ainda pulava sem sair do lugar, para sentir menos frio. Fazia muito frio naquela noite. Como não era possível pular e sentir a textura da gola ao mesmo tempo, ele parou. E sentiu, deixou os dedos dentro dela por alguns instantes, sem tirar os olhos de Lola. Ela estava num grupo compacto, muito próximo entre si também por causa do frio. As pessoas esperavam do lado de fora do teatro. O homem que pulava também. Ele entrou de alegre no grupo. Tinha um bigode que descia pelas laterais do maxilar. Ainda era cedo, eles chegaram antes da hora para ocupar os melhores lugares. O homem não parava de olhar para ela. Seus cabelos eram compridos, ele estava mal agasalhado. Começou a puxar as extremidades do cabelo para aquecer o rosto e o pescoço. Mas não tirava os olhos dela e continuou acariciando a gola do seu casaco. Ela deixou que ele escondesse a mão gelada atrás da pele. Não sabe por que deixou acontecer isso. O homem não era bonito, seu olhar é que transmitia algum tipo de confiança inata. Então a situação era a seguinte: ele escondia uma das mãos atrás da gola do casaco e a outra ficou pousada sobre o ombro dela. A essa altura ela já estava um pouco mais distanciada do grupo, e foi quando a porta do teatro se abriu e eles entraram juntos. Acabaram sentando um ao lado do outro. Ele continuou com a mão esquerda debaixo da gola de Lola. O show começou e eles ficaram de pé. Logo ninguém mais estava sentado no teatro. Era um pulgueiro. O ano, 1972. De repente eles estavam de mãos dadas e ela não tirava os olhos do show. Agia assim para não ter que encarar o homem de bigode caído no maxilar, seu cabelo comprido e sua roupa despreparada para o frio. Ele, por sua vez, manteve o olhar fixo na cabeça dela, seus cabelos de um tom um pouco dourado, seu nariz pontudo, o perfil de alguém que espia de dentro de um ninho, que era como a cabeça de Lola se destacava da gola de pele. Ela não tirou o casaco mesmo dentro do teatro. Ainda bem. Ele agora aquecia as duas mãos geladas na mão de Lola. O show talvez incluísse a Supersônica, bem no começo da carreira. Mas ela não se lembra de nada do que viu no palco. Saiu com aquele homem e ele a levou para um hotel perto do teatro. Ela foi levada pela mão. Era tão bonita. O teatro era caído. A Supersônica melhoraria muito nos meses seguintes, e ela seria apresentada ao guitarrista justamente pelo homem que a levara ao hotel, de cuja mão fria continuou cuidando por um tempo, até Fred, o guitarrista da Supersônica, também tocar a gola de pele. O outro, sem se conformar com o fim, a seguiu e espionou até que Fred o colocasse na parede numa noite fria como aquela em que se conheceram. E assim, vendo Lola colada a Fred, tão próxima, o cara chorou.

Tony Osanah

Miguel Ángel contava sobre o dia em que conheceu o seu compatriota Tony Osanah. Osanah era dos Beat Boys. Eles acompanharam Caetano Veloso no festival da Record, no Teatro Paramount. Estava explicado o bigode de Miguel, cujas pontas desciam pelo maxilar: era o mesmo bigode de Tony. Tony já era veterano quando tomou um café com Miguel nas proximidades do Teatro Paramount. Não deu muita atenção a ele, mas Miguel não parou de falar. Tony tocava guitarra, baixo, quissange, cítara, flauta e gaita. Quando a Supersônica precisou de uma cítara, Miguel pensou em chamar Tony, mas foi convencido a não fazê-lo. Era Tony Osanah! O melhor conselho que ele poderia ter dado foi: economize para não passar fome de vez em quando. Uma vez já é muito para a cabeça de um homem. Uma vez, em Córdoba... E parou de falar. Estava olhando para o outro lado da rua. A futura mulher de Tony Osanah estava passando naquele momento, e ele não conseguia tirar os olhos dela. Até sorriu. Ele ria bastante, no entanto era impossível rir tanto quanto os brasileiros. Era a sua futura mulher, e ela estava atravessando a rua, vindo na sua direção. Por isso Tony parou de falar, e Miguel Ángel ficou meio perdido. Foi uma maluquice do Tony, ele diria mais tarde. Simplesmente saiu atrás da morena. Era uma morena muito bonita, e sabia caminhar. Como é que se faz, que tipo de atitude se pode ter, qual a atitude padrão no caso de uma mulher que sabe, acima de tudo, caminhar? Isso disse Tony, a caminho. Monstro citou o caso de Jeanne Moreau. Foi surpreendente ouvir alguma coisa vinda do Monstro. Ele dizia coisas definitivas com sua voz de barítono e sua cara horrorosa. Guarde dinheiro, *che*, Tony ainda gritou antes de desaparecer atrás da futura mulher.

A passagem do tocador de cítara

Estava dobrado sobre si mesmo, e chorava. Era um dia lindo. Por que é que você está chorando?, perguntou o menino. O menino trazia uma bola vermelha debaixo do braço. Lola apareceu na porta da cozinha e não entendeu nada. O que aconteceu? Os soluços de Fred a paralisaram. Ela pensou que o pai dele tinha morrido. Fred amava o pai mais do que todas as coisas. Às vezes o pai passava dias sem dizer uma palavra. Às vezes Fred tinha acessos de fúria inexplicáveis. Mas bastava ficarem juntos para se entender.

O que aconteceu? Fred continuava dobrado sobre si mesmo, na cadeira de praia, movimentando apenas as clavículas, que sacudiam. Dentro delas, os soluços. Parava por um instante e logo vinha um grito prolongado, quase um uivo.

Era domingo. Um pé de alguma fruta havia brotado contra o sol no canto do muro, inesperadamente. O sol projetava a sombra da planta no muro, fazendo dela uma árvore. O garoto tinha rolado na grama para apanhar a bola porque era Yáshin, o Aranha-Negra. Tinha manchas verdes nos joelhos e num cotovelo. Usava um par de luvas pretas que pertenceram a Fred, de quando ele viajara para os Estados Unidos num inverno distante, por conta própria, mas sem dinheiro. Lev Yáshin era do tempo de Fred, não do menino, mas o herói passara por osmose de pai para filho. Os três tinham o hábito de se vestir de preto.

Fred não parava de chorar. Lola atravessara o quintal e se agachara ao lado da cadeira de praia cheia de ferrugem, impossível de ser dobrada. Tocou de leve as costas dele, como se tentasse deter os soluços pela força da mente. Fred cobria o rosto com as mãos.

Aconteceu alguma coisa com seu pai?

Ele sacudiu a cabeça.

Ela esperou. Aos poucos, foi parando. Em frente aos dois, uma folha de jornal caída sobre a grama. Ela colocou os óculos que estavam pendurados num cordão e leu.

Obituário
Heitor Schmidt
(1950-2010)

Nos últimos anos, ele costumava ser visto pelas ruas da cidade em caminhadas intermináveis. Estava sempre de branco, roupas leves que cobria com uma capa de chuva caso o tempo estivesse frio. Percorria quilômetros usando sandálias de couro. Às vezes encontrava alguém conhecido, mas a conversa não parecia tirá-lo de um estado de contemplação.

Nasceu e morreu em São Paulo, onde era uma figura folclórica, embora gostasse de ser conhecido apenas como tocador de cítara. Aprendeu o instrumento na Inglaterra, com o mestre Ravi Shankar. Nesse ponto tinha algo em comum com o Beatle George Harrison. Seus interesses musicais, no entanto, iam muito além dos Beatles.

Chegou a tocar com a Orquestra Sinfônica da Cidade no Theatro Municipal, em uma noite que homenageava o cantor João Gilberto (ambos, assim como J.D. Salinger, admiravam a *Autobiografia de um iogue*, de Paramahansa Yogananda). Também tocou com a Banda de Fuzileiros Navais a bordo do *Cisne Branco*, quando o belo navio-veleiro ancorou no Grande Canal de Veneza como parte da representação brasileira na Bienal.

Paradoxalmente, apesar do aspecto indiano, era reconhecido como músico brasileiro.

Segundo os amigos, foi um compositor secreto que não deixou nada gravado.

Tentou rever o mestre Shankar sem sucesso nas duas vezes em que esteve na Índia. Numa delas, acompanhava a comitiva de um guru conhecido como Mahavira, adepto da meditação transcendental.

O segundo tocador de cítara mais famoso da cidade – o primeiro era Alberto Marsicano, com quem compartilhava o hábito de andar a esmo – dava cursos livres do instrumento.

Morreu durante o sono, de causas naturais. Tinha sessenta anos.

Nunca se casou, não teve filhos. Deixa mãe e irmã, além de poucos mas entusiasmados seguidores do seu método de cítara para principiantes, baseado em cordas coloridas cujo som é iluminado pela meditação.

Lola entendeu tudo. Sabia que Fred* tinha dado uma surra no tocador de cítara. Ele, Heitor, ficou bastante machucado. Fred quebrou um dedo. Estavam começando uma amizade real, o tocador de cítara era mais velho. Fred não entendia direito qual era a dele. O tocador de cítara mantinha-se distante das coisas desse mundo. Mas houve uma profunda conexão entre eles, instantânea, cósmica. Alguns anos depois, Fred ouviu de uma testemunha da briga, que ele encontrara na rua por acaso: "Revirou meu estômago, velho. Você espancou uma criança." Fred e Heitor nunca se reencontraram.

---

* Frederico Venti Silva (1952-2012) foi guitarrista da banda A Supersônica, criada no início dos anos 70. O som da Supersônica misturava a força do hard rock com a melodia e a habilidade técnica do progressivo. O grupo nunca chegou a gravar um disco. Houve uma tentativa lendária em 18 de outubro de 1975. O Teatro Aquarius, em São Paulo, foi alugado pela Supersônica para uma única noite, visando à gravação de um disco ao vivo. Fred Silver (o nome artístico de Frederico), principal compositor e arranjador do grupo, havia concentrado todos os seus esforços criativos na introdução de um novo instrumento em seu som: a cítara. O conjunto, composto originalmente de baixo, guitarra, teclados e bateria, estava bastante escorado na ideia da cítara. Os ensaios foram exaustivos, o novo instrumentista demorou para se adaptar às músicas, mas quando conseguiu, mudou tudo. Na noite do espetáculo, porém, o tocador de cítara não apareceu. Praticante de um método de meditação transcendental baseado no sono controlado, de um certo guru Mahavira, ele adormeceu em casa e não houve jeito de acordá-lo. O show não aconteceu. A banda acabou pouco depois.

O papel de Lola

Ela sabia o que estava acontecendo. Era o papel de Lola: sempre saber. Dolores, ele dizia (só ele a chamava assim), aquele tocador de cítara. Ele morreu. Lola tinha acabado de ler, então já sabia. Eu já sabia. Tudo estava iluminado e estático no quintal. Era um quintalzinho de nada, onde a grama podia crescer como bem entendesse, entre os dentes-de-leão. Quando a bola do garoto rolava, no entanto, todo mundo era esmagado, e era ele, no final das contas, o menino Lev Yáshin, quem aparava a grama e bania as ervas daninhas e descabelava os dentes-de-leão.

O sol já havia mudado de lugar e fizera o pé de fruta – cuja sombra havia transformado por instantes numa árvore adulta – voltar às suas verdadeiras dimensões.

Fred levantara a cabeça e olhava para o chão, para o vazio dos talos destruídos pela bola. Seu rosto estava molhado e vermelho, lágrimas dependuravam-se nos cílios, fluidos desciam das narinas para os lábios abertos, Lola nunca o tinha visto nesse estado, nem o menino, que disfarçava girando a bola na mão.

Fred foi ficando mais calmo. Ela segurava sua mão, sentia a ponta calejada dos dedos, tateava as ranhuras como gostava de fazer em qualquer situação. Eram os dedos de uma pessoa que tocava guitarra.

Nos últimos tempos, cada vez menos. Tomavam café em silêncio, um de frente para o outro, naquela cozinha que tinha sido alegre e barulhenta, quando o cabelo loiro de Lola se confundia com o sol entrando pela janela. Uma beleza com a qual ele já estava acostumado. Agora ele apenas ficava pensativo. Dizia alguma coisa distraída que tinha o efeito de nada, pegava o jornal e saía para o trabalho, um aceno triste, um beijo de leve.

Lola estava olhando pela janela, vendo Fred ir embora com o cabelo preso num rabo de cavalo e sua camisa respeitável. Era uma segunda-feira, a noite de domingo teria sido o pior dia de suas vidas. Ela foi se aprontar para o trabalho. O garoto saiu, meio perdido. Tinha a sorte de poder ir a pé para a escola. Apesar de Lev Yáshin, não jogava nada no gol, era um frangueiro.

Lola ficou nua diante do espelho. Tinha mesmo envelhecido, então prendeu a respiração e engoliu a barriga. Suas unhas estavam horríveis, mas seus peitos ainda eram bonitos. Ela colocou um vestido. Depois colocou a calcinha. Levantou o vestido. Achou que ainda era desejável. Mas não sabia o que estava acontecendo. Não era mais o papel de Lola. A morte do tocador de cítara fizera um estrago enorme no quintal: seu marido tinha muito mais remorsos do que ela podia imaginar.

Tão doce antes, agora uma pessoa desconhecida, um monte de desilusões a caminho do cartório, de rabo de cavalo e camisa respeitável. A rispidez da ponta dos seus dedos estava indo na direção do desaparecimento, como as músicas que ele havia composto na vida.

É, Dolores, ele diria se tivesse forças. A intimidade a caminho da extinção. Estava tão branca no espelho, cada vez mais dissolvível no sol. Pensou que Fred provavelmente iria morrer naquele cartório. Com seu cabelo comprido e branco preso num rabo de cavalo e os dedos sem os vestígios das antigas cordas. Isso lhe pareceu horrível e inevitável, e ela não conseguia sair da frente do espelho, o rosto muito mais

The Beatle

contrito e branco do que deveria ser, mais perplexo do que envelhecido.

Fred virou a esquina. Magro e comprido como sempre, uma leve curvatura nas costas, pegou o ônibus elétrico. Ele não conseguia nem pagar as contas. Acabou sendo o papel de Lola. Fred foi embora. Quando tocava guitarra — isso era verdade — não sentia os fios loiros do cabelo de Lola na ponta dos dedos. Agora que podia senti-los, quase não os tocava. Os guitarristas não são todos fracos da cabeça?, ela se pergunta. Os músicos em geral não são? O tocador de cítara não era?

O perdão de Frederico Venti Silva

Fred saiu do cartório às seis horas da tarde. Dirigiu-se à sauna, na mesma rua. Era um lugar escondido, que ele frequentava há muito tempo. Estava de toalha enrolada na cintura, os longos cabelos soltos, de olhos fechados em meio à fumaça, quando o homem ao lado começou a conversar. Era uma sauna mista. Fred nem abriu os olhos. Ela se chama Miriam. Fred abriu os olhos. Miriam não tem nada de mais. A conversa envereda por uma valsa de adeus. O homem não vai voltar nunca mais. É velho. Tem a próstata do tamanho de uma bola de boliche. Miriam não diz nada, está parada no vão da porta, a cabeça baixa. Ele manda ela ir na frente. Não é muito simpático com ela. Depois se vira para Fred e diz, rindo, que pensava que ele fosse uma garota, com todo aquele cabelo comprido. Mas que não levasse a mal. Disse que tinha uma próstata do tamanho de uma bola de boliche. Parecia conformado. Perguntou o que Fred fazia, Fred falou do cartório. Não era nada interessante. Mas eles deixam você trabalhar assim, quer dizer, com esse cabelo? Ele fica preso numa longa trança. Como um índio americano. Ah. Descobre que Fred teve uma banda de rock. Então é por isso. Eu sou pianista da noite. Já toquei em tantas boates que nem sei, diz o velho. Ele é bem velho e cinza, muito magro. Acho que dá pra dizer que eu estou vivendo meus últimos momentos. Vou operar, mas não adianta. É do tamanho de uma bola de boliche. Ele cumprimenta Fred antes de ir embora. Ela está me esperando. Miriam, quis dizer, não a morte. Boa sorte, diz Fred.

Ele mesmo fica há muitos anos com uma garota chamada Luci. Luci tinha sido bonita. Agora nem era mais bonita. É muito fácil entre eles, é o que importa, e ninguém diz nada a ninguém. Mas hoje, como faz algumas vezes, ele a espera sair e a acompanha até o ponto de táxi. O aspecto de Fred não é nada bom, está cansado. É muito tarde. Sente que precisa escapar de sua camisa de força: o remorso, o casamento, o trabalho no cartório. Seu cabelo está preso numa trança, como um índio americano. Sua camisa é social, a gravata está no bolso da calça. Ele anda encurvado.

Luci vai embora no táxi. Envelheceu, são seus últimos dias de sauna. Ele vai pegar o ônibus. É quase de manhã. Do ônibus, observa a cidade acordando. Ele mesmo adormece com a cabeça na janela. O vidro é gelado. Ao chegar em casa, encontra Lola desesperada, encolhida num roupão cor de tabaco. Vem vê-lo enrolada num roupão cor de tabaco. O menino Jonas (é esse o nome do garoto), que ele chama de Jones e não é mais nem de longe um garoto, aparece na cozinha. Fred está tomando café, sua cara não está nada boa. Ele não responde a nenhuma pergunta. Então segura a mão de Lola. Solta o rabo de cavalo. Parece que vai fazer alguma coisa. Levanta-se e cai.

Na sua cabeça, enquanto o sangue começa a inundar o cérebro numa hemorragia, nesse ínfimo instante de comportas abertas, ele se lembra de Heitor Schmidt, o tocador de cítara, sua cara de bobo, o cabelo quase ruivo, a calvície disfarçada pela mecha puxada do lado, o ar de beatitude, o corpo rendendo-se estupidamente ao som de uma banda pesada da qual Fred não se lembrava, e que estava tocando na vitrola de uma casa de que ele também não se lembrava, mas que era um lugar da pesada. E logo em seguida veio o quarto em que o rosto do tocador de cítara foi desfigurado por ele como se fosse a superfície crua e macia de um pão.

Mas depois veio Lola, linda, com sua dancinha de pequenos movimentos iluminados por aquele sorriso que tudo perdoava, perdoa e perdoará.

Mahavira

O Mahavira desapareceu. Viva o Mahavira. O homenzinho de cabelo cinzento colado na cabeça, barba amarelada, seminu, em posição de lótus, piscando para os discípulos, o Mahavira que não possuía uma coleção de Rolls-Royces nem obrigava ninguém a beber quarenta baldes de salmoura antes do pôr do sol, depois de chegar alegremente montado na garupa da sua motocicleta, usando um capacete esquisito. Apenas sujinho e picareta.

Ainda falo com ele, em sonhos. E também acordado. Ele diz coisas engraçadas, que parecem profundas como se tivessem saído do coração de um Buda sorridente, com a magreza de um faquir. Maravilha.

As outras pessoas o chamavam de Maravilha. O guru que você encontrava assim que saía da estrada poeirenta que não levava a lugar nenhum e de repente estava lá, diante do portal com os elefantes coloridos, e passando o portal encontrava a Grande Oca e a Casa-Mãe. A Grande Oca dos exercícios diurnos, a Casa-mãe das refeições e do sono nos quartos coletivos.

Às vezes, em sonho, ele me diz que não encontrou nada do que esperava, e isso me faz chorar. Acordo chorando, passo o dia triste, taciturno, mas não conto a ninguém.

Maravilha. Agradeça. Maravilha.

A única pessoa que tinha certas liberdades com ele era um tocador de cítara que costumava chorar logo no começo de um exercício em que você ficava olhando nos olhos de outra pessoa durante quinze minutos.

Ele dizia que o Mahavira era um guru sujinho. Dizia isso com afeto. E era de quatro que ele se curvava diante do guru já em posição de lótus para ser acariciado nos cabelos de um jeito tão extraordinário que adormecia ali mesmo. E nós olhávamos praquilo abismados, eu, Vladimir e a mulher grávida que era nossa colega de quarto e contrabandeava chocolates, aos quais o guru se referiu um dia inesperadamente durante os exercícios de meditação transcendental.

"Qual a natureza do seu trabalho?" Ele estava me entrevistando nas alamedas do retiro. Eu comecei a falar de tudo o que tinha a ver com a natureza do meu trabalho, e isso envolvia toda uma discussão a respeito de outros tempos, do sucesso passado e da calmaria que eu estava vivendo naquele momento e que era apenas o prenúncio de uma tempestade que o mapa das nuvens me reservava. Mahavira lia o mapa das nuvens.

Ele era o nosso guru, e bastante educado. Havia estudado em Cambridge. Seus olhos pretos eram muito espertos. Mesmo no escuro eu conseguia enxergá-los fixos em mim, e era como se visse também sua cabeça redonda pairando no ar, seu cabelo cinza grudado na cabeça.

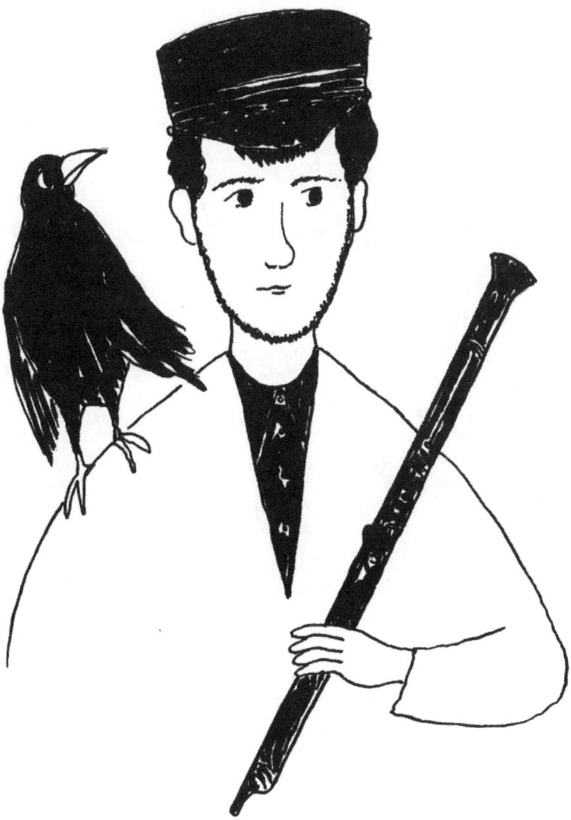

"Sexo devagar", dizia o Mahavira. "Sim, muito devagar", eu respondia. "Não a quantidade", ele refutava. "Sexo muito calmo até chegar ao céu." Ele me ensinou um mantra que carrego até hoje, bom para todas as situações. Repita e repita até desaparecer, ele dizia. E todos repetiam até desaparecer, que é quando cochilávamos em nossos tatames, de pura exaustão. *Esta plenitude veio daquela plenitude*, eu me lembro. *Embora esta plenitude tenha vindo daquela plenitude, aquela plenitude se mantém eternamente plena.* Era algo parecido com alguma coisa que ele aprendera em Cambridge.

Então, no quarto, mortos depois da sopa, a mulher grávida sacava os chocolates, e eles não acabavam nunca. Maravilha. Maravilha, dizíamos para tudo, em forma de agradecimento. Maravilha. Sempre ouvíamos o som da cítara, até que o tocador de cítara apagasse. Então era hora de dormir.

Os elefantes coloridos do portal. A Grande Oca e a Casa-Mãe, será que ainda existem? Nossas manhãs flatulentas, de ponta-cabeça, praticando ioga. A mulher grávida e todos os seus anseios de mulher grávida. "O que esperar quando você está esperando?", eu dizia, e ela achava graça. Acho que me apaixonei por ela enquanto estive ali. Queria que aquela barriga não acabasse nunca. E ela reclamava que estava um monstro, e não ficava de cabeça para baixo como a gente ficava, claro. Então eu ria para ela de ponta-cabeça, e o Mahavira tudo sacava, ainda que não a tirasse do meu lado.

Ele tinha até batizado a criança que ainda ia nascer de Krishna, ou alguma coisa por aí, mas espero que não tenha vingado, que Krishna não tenha saído daquela barriga assim tão fácil com tal nome. Ela disse que ele ia se chamar Leonardo. E assim que ela acordava eu perguntava como estava o Léo naquela manhã, e ela só queria saber de fazer xixi e às vezes vomitar. E saía amparando a barriga.

Eu achava incrível acordar praticamente do seu lado, e desconfio que Vladimir também achava o mesmo. Estávamos os dois apaixonados, sem compromisso, e cuidávamos dela e do Leonardo em troca de barras de chocolate.

Mahavira tudo observava com um canto do olho, aquele que tudo via. A mulher grávida inclusive me contou que lhe deu um chocolate um pouco antes da partida. E assim, leves, quase levitando, fomos embora do ashram, sabendo, lá no fundo, que tudo aquilo continuava do mesmo jeito. Aquilo que havíamos deixado embaixo do portal de elefantes coloridos, antes de entrar na oca e na casa, depois de tirar os sapatos. Lá dentro, nossa alegria vazia.

Agora o Mahavira desapareceu, é como se estivesse morto. Vladimir me contou, quando nos encontramos na rua. "Aquele guru sujinho", eu disse. Ele concordou, e riu. "Nosso querido picareta, o Mahavira." Ao som da cítara de um tocador adormecido.

A viagem de Federico Biglione ao Brasil

A viagem de Federico Biglione ao Brasil só aconteceu porque seus jovens fãs fizeram uma vaquinha na internet para levá-lo ao país. "Queremos que desenhe – Biglione no Brasil!" foi o slogan da campanha. Os fãs eram poucos, mas entusiasmados.

Biglione nunca tinha saído do Uruguai. Aos sessenta anos, morava num pequeno e velho apartamento da Ciudad Vieja, em Montevidéu, atulhado de desenhos que ele foi acumulando em caixas de papelão – e lá se vão muitos anos desde que Biglione começou a desenhar imitando Disney nas costas de envelopes, papéis de embrulhar pão e folhas de todo tipo. Até numa parede do apartamento desenhou, mas aí já era homem-feito. A parede tinha o pé-direito muito alto.

Ele possuía uma máquina de escrever alemã sem tampa, mas ainda útil, uma pilha de gibis, álbuns de Flash Gordon e Little Nemo, números antigos da *New Yorker* com capas do Sempé enviados por um amigo, uma vitrolinha de criança que ganhara de presente do pai quando era pequeno e uma porção de quinquilharias, além de velhos cartazes colados na parede. No meio de tudo, a prancheta com uma luminária quebrada pairando acima e todas as suas penas e tintas.

Ele só toma café. Nada de mate. Às vezes escreve a máquina, mas só para tirar a poeira, pois seus desenhos não têm palavras. É um desenhista de linhas finas e graciosas, mais ou menos apreciado durante algum tempo no Uruguai e agora conhecido por esses garotos do Brasil, cujo mapa enorme parece-lhe uma peça de presunto e para o qual costuma olhar com algum interesse. Nada, porém, que o fizesse arrumar as malas, pegar o avião e desembarcar no Rio de Janeiro. Agora a brisa quente do mar o alcançava em Montevidéu. E ele, de certa forma, até sonhava com praias intangíveis.

Foi o livro reunindo seu trabalho — *Os arranha-céus de Federico Biglione*, publicado por uma pequena editora de Montevidéu, La Otra Banda Oriental, a Lobo — que acabou despertando a vontade dos fãs de levá-lo ao Brasil. Não sabe como chegou lá, pois o livrinho mal saíra do lugar, isso ele tinha certeza. Sem saber, deixara escapar uma garrafa de náufrago.

É a primeira coisa que vai perguntar (tentou fazer isso ao telefone, mas a menina com quem conversava, uma argentina chamada Manuela, de São Paulo, apenas riu e não explicou nada). Uma minúscula editora de meninos brasileiros, de nome Linhas Tortas Edições, resolveu publicar os *Arranha--céus* no Brasil, iniciando depois a campanha para arrecadar fundos e trazer o artista para o lançamento em diversas cidades brasileiras. O que fazia uma argentina no meio dos brasileiros?

"Deus escreve certo por linhas tortas", ela disse num português melodioso.

"Esta ligação vai ficar caríssima", ele disse. Uma risada gostosa atravessou o ar e veio pelo fio até a orelha de Biglione. Ela disse que em breve se conheceriam ao vivo.

Biglione ficou encantado com o convite. Não imaginava que fosse querido em lugar algum, quanto mais no Brasil. Não tinha a menor ideia de que poderia significar alguma coisa fora das esquinas de Montevidéu. Por isso, aceitou sem pestanejar. E foi assim que fez as malas, não sem antes despedir--se da sua cidade. Partir para o desconhecido era um drama.

A vaquinha dos meninos do Brasil é quase do tamanho de um Maracanã, no que diz respeito à vida de um artista menor, um desenhista de cartuns para jornais e revistas que já não o publicam mais como antes, pelo fato de ele ter brigado com quase todo mundo, um desenhista que vive de oficinas de desenho, ilustrações de livros e às vezes um anúncio publicitário que use o mínimo de palavras possível, o que é quase impossível. Seu traço ficaria muito bem na *New Yorker*, se ele ou alguém fosse atrás disso, atrás desse mundo remoto, esse outro planeta que é a revista.

Houve um tempo, há muitos anos, em que Biglione fez desenhos secretos para a *New Yorker*, a partir da sugestão casual de seu amigo Miguel Tabaroff, o que lhe enviou as revistas.

Mas foram sempre desenhos secretos, e hoje descansam numa caixa de papelão, sem nada escrito nela.

Agora o artista está a caminho do Brasil. Pensa nos desenhos secretos da *New Yorker*, na máquina de escrever, nos discos que veio tocando ao longo do tempo na vitrolinha de criança e que no final só faziam chiar, na torre de papel que poderia ser erguida a partir do conteúdo das caixas e das outras coisas que deixou. E não se sente tão mal assim. Ele não é um neurótico acumulador. Apenas foi ficando, estacionado no mesmo lugar, plantado junto a suas raízes. Talvez tenha a ver com o trabalho que teve num estacionamento, quando jovem. Uma época muito feliz. "Eu vivia estacionado", ele costuma dizer a respeito.

Os arranha-céus de Biglione não são edifícios propriamente ditos, mas personagens tão compridos e magros que parecem tocar o céu, como se fossem as figuras esguias de Giacometti ainda mais esticadas, de tal forma que batessem a cabeça na abóbada celeste. Os traços de Biglione ajudam no efeito final — são tão finos que só podem mesmo se alongar, crescer para o alto, quase a ponto de perder o fio do novelo.

São escritores perplexos diante de uma máquina de escrever; homens de cartola e olhar gentil; gente comprida voando, levada pelo vento; rapazes sentados em cadeiras que, além de tudo, se amontoam umas em cima das outras, criando uma impressão de fragilidade formidável. São franciscanos longilíneos pintados de azul; donas de casa que parecem cozinhar com a cabeça firmemente apoiada nas nuvens; um jogador envergando a camisa da Celeste, feições bravias — guerreiras — tendo abaixo um pequeno estádio que é na verdade todo um Maracanã; um homem de cara pálida, cabelos verdes, chapéu-coco e terno azul disparando uma pistola futurista; um gigante magro de pernas abertas, por baixo das quais passam bólidos cinzentos pilotados por sujeitos menores que um polegar. E a cara que esse sujeito faz, o rosto radiante de um deus leve como uma pluma, iluminado pelas estrelas que dançam ao redor da sua testa brilhante, tentando dissipar as nuvens com um sopro de furacão.

Biglione tem uma risada que assobia, de alguém que costuma cantar tangos em movimento, ou fumar demais. Mas não fuma nem canta. Não tem computador nem celular. Seu telefone vive preso a um fio, como ele a suas coisas.

Barba e cabelo grisalhos, rosto magro habitado por um olhar distraído, Biglione não toma muito sol. Dorme cedo, acorda cedo. É seco e encurvado como alguns de seus desenhos. Parece mais jovem do que é. Parece alto, mas não é. Parece um velho roqueiro, por causa das roupas pretas e de um velho par de botas que usa.

Possui um tipo de jovialidade que atrai as crianças. Eles se entendem, ele as entende mais do que entendia o próprio filho. Eles brincam, mesmo que Biglione não desça ao nível do chão. Da perspectiva delas, fica parecido com seus personagens.

Para a despedida de Montevidéu ("Pois nunca se sabe"), Biglione foi à esquina da Galarza Carosini com a 25 de Mayo, onde, no andar térreo de um prédio antigo, ficava um café. Hoje, não existe mais, é um escritório com vista para a rua.

Os cafés de Montevidéu foram desaparecendo. Biglione frequentava este porque ficava perto do estacionamento. Dentro do café, só velhos saudosos de antigas glórias se encontravam todo dia.

O dono era um sujeito atarracado, mas também gorducho, de olhos pequenos e vivos que lembravam os do presidente Mujica. Talvez fosse ele, quem sabe? O dono ficava observando os velhos reunidos. Não dizia nada. Apenas piscava para Federico. Piscar para Federico era o seu comentário. Federico tomava o café com leite e comia uma meia-lua enquanto prestava atenção na conversa, e ela quase sempre girava — a não ser pelas doenças e mortes do mundo — ao redor do Maracanã. Foi quando, os ouvidos colados no rádio, os velhos explodiram de felicidade pela última vez.

Diziam que Obdulio Varela e Zizinho mantinham conversas telepáticas. "*Ele* disse" (um velho afirmava em voz alta, acentuando cada sílaba; *Ele* é sempre Obdulio), "Como pude fazer mal a esta gente?" (Referia-se à história de Obdulio ter saído para beber nos botecos do Rio depois de ganhar a Copa e de ter consolado um brasileiro que chorava no seu ombro.)

"Estacionamos em 1950, filho", dizia o dono do café. E Federico pensava que, no seu caso, era verdade, pois trabalhava mesmo no estacionamento na época em que essa conversa aconteceu. E o homem disse mais: "Está na hora de cortar o cabelo." Sim, Federico tinha mesmo o cabelo comprido. E para o dono do café sempre estava na hora de cortar o cabelo e acordar do sonho de 1950. "Isto aqui está mais velho do que o Tupí Nambá". O Tupí Nambá era um café extinto ainda na pré-história de Montevidéu.

O estacionamento ficava na calle Galarza Carosini. Era um lugar diferente dos outros. Além do espaço para os carros, havia um bosque ao fundo e uma casinha num canto do terreno. Montevidéu tinha muitos automóveis, e ruas que não mudavam de tamanho. O pai de Federico comprou o estacionamento nos anos 60. Hoje não há nem sinal dos dois. Do estacionamento não sobrou nada, resta apenas um pequeno edifício no que fora um vasto terreno, cheio de liberdade. Crianças brincam no espaço antes ocupado por uma casinha que fora o lar de Federico durante um bom tempo. Hoje é um playground de tristes brinquedos descoloridos. A rua parece que encolheu.

Ao se separar da mulher, o pai deixou o negócio nas mãos dos filhos. Mario, o mais velho, era o chefe. Federico ajudava a manobrar os carros e dormia na casinha dos fundos, numa cama de armar. Era feliz. Observava as árvores e as máquinas paradas, as latarias reluzentes. Lia e desenhava em paz. Foi juntando uma pilha de livros. Publicou o primeiro desenho num suplemento do *El País*. Trazia uma ou outra menina para o quarto, e ainda no escuro a levava para casa num carro que estivesse à mão. Mario brigava com ele. Dizia que o velho ainda iria pegá-lo. Mas o velho estava muito longe, e apenas tirava a sua parte no negócio e aparecia de vez em quando, com as mãos nos bolsos, assobiando, cobrando coisas. Com ele, Federico não gostava de conversar. Ficava deitado na cama, mas Mario e o pai entravam sem cerimônia e botavam a chaleira no fogãozinho de duas bocas, enquanto falavam de negócios ou o pai pedia notícias da mãe. Federico saía. Por entre as árvores do bosque, ouvia o pai indo embora a pé, esmagando as pedrinhas do calçamento e dizendo "Puxou ao meu velho", com a voz ainda mais grave e enferrujada se fosse de manhã, e acenando precisamente na direção do rapaz.

Federico voltava para a cama. Mais tarde, já no começo da noite, Mario acabava buzinando para que ele saísse e fosse manobrar os carros que chegavam para a sessão do Splendor, cujo telhado podia ser aberto no verão, durante o intervalo, a fim de deixar entrar o céu noturno. Nunca se sabia quando.

De repente, ele abria. O cinema ficava na rua de trás. Federico viu muitos filmes ali, com o céu à vista.

Isto é se despedir: Federico telefona a Mario. O irmão está ocupado, construindo um móvel como se fosse um carpinteiro de verdade. Quando fala em despedida, ouve do irmão que isso é *una tontería*. Mario, porém, não briga mais com ele. Apenas bufa e diz alguma coisa que não se entende, porque Mario envelheceu bastante, e a memória escoa rapidamente, mais ainda na hora de escolher as palavras. Depois mudam de assunto e ficam rindo de nada, cada um no seu lado da linha. Risadas que assobiam, os dois são iguais ao mostrar os dentes. Federico escuta um barulho e teme que tenha provocado algum acidente. Mario continua rindo do outro lado da linha, após a queda de uma lata de verniz que lhe empapa o sapato. "Brilhante. Se fosse antes", ele diz, "eu te mataria."

"Que fiz eu? Você é que está ficando gagá."

"Perto de quem se despede de sua cidade antes de viajar para um país que fica logo ali, como se fosse para a China de navio, não é nada." Deu uma pausa. "Não se esqueça de ligar pra mamãe."

Ao ligar para ela, Federico ouve apenas uma grande risada. Estranha risada. Antes ela não ria assim. Ela se aposentou e guardou a sua parte na venda do estacionamento. Ela dava aulas num colégio, o mesmo em que plantou muitas árvores, e hoje elas sombreiam o pátio. Também há outras árvores que ela deixou espalhadas pela cidade, e elas, a mãe e as árvores, conversam sempre que se encontram.

Hoje em dia anda apoiada na filha de Mario.

"Não vai se despedir da menina também, Federico?"

Federico procurava a menina para os assuntos de internet. Ela sempre estava lá, na casa de Mario, diante do computador. Se não estava no computador, estava com a avó. Também adorava os desenhos de Federico, mas não dizia nada, apenas ficava olhando para eles.

Depois Federico ligou para Enrique.

"Filho, estou de partida para o Brasil."

Para Enrique, tudo sempre estava bem. Desde pequeno, tudo sempre estava bem, mesmo quando papai saiu de casa. Pois Nora o educou, e o novo marido dela também cuidou bem dele. Enrique é biólogo, e Nora e o marido agora cuidam de Federico, aparecendo no apartamento sem avisar, deixando coisas na geladeira e conversando sobre nada enquanto ele desenha, compenetrado. O marido de Nora é um bom sujeito. Enrique o chama de pai. Tem dois pais.

Federico toma um café com leite e come uma meia-lua numa cafeteria não muito distante. Da janela, vê passar um homem que lembra Miguel Tabaroff quando jovem.

Precisa se despedir de Miguel.

Miguel Tabaroff entra na livraria apertada onde acontece o lançamento de *Os arranha-céus de Frederico Biglione*. Sua cabeleira hippie diminuiu de tamanho. Era crespa e eriçada, se fosse negro seria um Pantera Negra, um Pantera Negra que gostasse dos Bee Gees. Miguel gostava dos Bee Gees e tinha um pouco de vergonha disso. "To Love Somebody", "Saturday Night Fever", era desses clássicos que gostava. Botava os dentes para fora e assim, dentuço, imitava os vocais dos Bee Gees com a mão no ouvido. Nem por isso Biglione gostava menos dele, seus paletós de veludo, suas imensas golas que pulavam para fora querendo voar, as pantalonas.

Então um dia ele parou de gostar dos Bee Gees e abraçou a causa dos anos 80. Mas era dos *new romantics* que ele gostava, e Federico não aguentava ouvir aquilo. Mais tarde, vieram os discos mais pesados, e ele trazia vários dos países por onde passava. Um dia transformou-se em engenheiro eletrônico e desapareceu. Federico não morava mais no estacionamento, tinha voltado para a casa da mãe.

Tabaroff entra na livraria apertada para o lançamento dos *Arranha-céus*. Está diferente. Tinha enviado muitas notícias. Nunca parava num lugar. Sempre a trabalho, sempre mandando cartas e cartões-postais. "Ninguém mais manda cartas nem cartões-postais, Miguel. Esses meus personagens compridos sabem de tudo, são periscópios. Com afeto, seu amigo Federico." Foi o que Biglione escrevera a ele num cartão enviado para Düsseldorf com o desenho de uma figura comprida de cuja cabeça brotava um enorme penteado black power.

Miguel passou a noite toda encostado numa estante da livraria com um copo na mão. Olhava para Federico. Às vezes folheava o livrinho. Às vezes parecia reconhecer numa página um cabeludo magro e comprido que fosse ele. Usava um paletó discreto, uma gravata e uma calça cortada por vincos exatos, ouvindo uma música que só ele escutava.

Ao vê-lo estalar os dedos, Biglione parou de assinar um livro e assobiou o refrão de "To Love Somebody". Foi assobiando baixinho a música inteira. A música não saiu mais da cabeça de Biglione. Nem quando os rapazes da Lobo vieram falar com ele, e junto deles uma amiga, a moça do bufê, a quem ele pediu um cappuccino, só por pedir. Ao que ela respondeu: "Nunca depois das onze da manhã."

Tinha uns quarenta anos. Ficava bem no jaleco de cor creme. E ele gostou da forma como ela amarrara um lenço na cabeça. Era um lenço casual de quem tivesse saído agora há pouco do sol. A pele dela estava corada, mas era por causa do fogão de duas bocas em que aquecia a comida do bufê, e que um garçom muito jovem e estabanado estava servindo.

Ela pôs as mãos na cintura e perguntou se ele não queria outra coisa que não fosse um cappuccino, e ele acabou dando um livro de presente para ela, ao que ela agradeceu com uma xícara de café que havia tirado de algum lugar que não era o seu fogãozinho escondido no escritório da livraria/editora La Otra Banda Oriental.

Isso deixou Biglione feliz, e ele ainda conferiu se Miguel Tabaroff estava por perto. Então chegaram Mario, a filha, a mulher e a mãe apoiada na filha de Mario. Uma menina tão pálida, pensou Federico, no meio de velhos. Temia esquecer o nome de todo mundo nos autógrafos, incluindo o da mãe.

Era sábado quando ela apareceu do nada no apartamento de Biglione. O relógio sobre a prancheta, de formato oblongo e fundo negro, para o qual Biglione gostava de olhar sem se importar com o tempo, mostrava onze horas. Ele achou que era uma chateação inesperada alguém aparecer assim, sem avisar. Temia que fosse o zelador, baixo e gordo e de fala enrolada. Mas era ela, sem o lenço no cabelo e sem o jaleco, tão diferente que Biglione ficou plantado com a porta aberta, tentando, maravilhado, entender de quem se tratava. Ela era quase da sua altura, e isso de certa forma o incomodava. Sorria, trazia flores, e as flores também o chateavam. Era ela, a mulher do bufê e do capuccino proibido depois das onze da manhã, e o relógio dizia que, de novo, passava de onze da manhã. Foi o que ele disse. Ela entrou, examinou a sala, deteve-se na prancheta, tirou o casaco, sentou-se na poltrona e permaneceu ali quase o tempo todo, enquanto ele, de volta à prancheta, tentava entender o que acontecia.

Começou uma conversa sem fim, que saiu de Montevidéu, passou pelo Rio da Prata, sobrevoou Buenos Aires, desviou-se ao sul, para a Patagônia, e saiu na praia de Copacabana. Como seria o corpo dela? Ele queria saber como seria sem as roupas, mas gostava dela vestida. De repente anoiteceu e o seu estômago roncava de fome, ele disse isso a ela e eles estavam agora apenas sob a luz da luminária quebrada, e ele tinha certeza que em casa não havia nada para comer.

Logo, era o caso de sair e acabar no restaurantezinho italiano onde ela lhe contou sobre um sujeito por quem continuava apaixonada. A história do sujeito por quem "ainda sentia alguma coisa" e era um roqueiro ou um chef tatuado. Foi o que ela contou a Biglione, debaixo de uma vela que derretia sobre um copo, a luz bruxuleante na cara de uma pessoa que está olhando para o paraíso, mas o paraíso não está em lugar nenhum. E, por fim, ele a colocou num táxi e ela prometeu, fazendo descer a janelinha de vidro quando o carro já partia, rindo tristemente, que sim! iria atrás dele no Brasil, conforme ele havia pedido por volta de três da tarde, quando as confissões dela nem haviam começado. Para confirmar o convite, meio gaiato, mas comprometido, ele lhe dera o número do celular de Manuela, que ela guardou sorrindo, sem dar muita bola. Foi aí que ele sentiu que era muito velho para ela.

Em casa, despejou as flores na lata de lixo do corredor e ficou pensando no mistério. Por que ela teria vindo, afinal? Dormiu sobre a prancheta. Não estava habituado ao perfume das flores.

Federico e Miguel botaram a conversa em dia no mesmo restaurantezinho italiano na calle Sarmiento, onde se encontravam de tempos em tempos sem forçar a barra. Às vezes demorava um par de anos, às vezes em uma semana estavam de volta para jantar. Biglione se lembra do dia em que Tabaroff trouxe uma fita-cassete com a música brasileira que ele mesmo havia gravado.

Biglione lembra daquela noite porque o pai dera entrada no hospital apenas algumas horas antes. Ele não quis cancelar o encontro, e ficou brincando com a fita como se fosse um objeto desconhecido prestes a desvendar.

Tuca, Sérgio Miller, Fábio, a fita estava cheia de artistas brasileiros menos famosos. Miguel viajara a São Paulo duas ou três vezes, como representante da firma de componentes ópticos em que trabalhava. Assim viajava pelo mundo.

"Mas quem são esses artistas?", perguntou Federico.

"Não são muito conhecidos, mas um rapaz de uma loja de discos me indicou todos eles. Era um especialista em coisas que ninguém conhecia."

Federico embarcava com tranquilidade nas devoções de Miguel, dispersas pelo mundo. Era uma forma de conhecer a Terra. Tinha certeza de que, com seu jeito distraído, Miguel Tabaroff era, sem saber, uma antena do mundo.

Mas naquela noite a cabeça de Biglione estava em outro lugar. Por isso guardou a fita cassete embrulhada no mesmo pacote em que fora entregue e esqueceu dela, porque seu pai tinha entrado numa sala de cirurgia às pressas e ninguém sabia o que estava acontecendo, e ele precisava voltar para o hospital e encontrar o irmão. Ao voltar, encontrou o olhar frio do irmão na sala de espera, e naquele tempo se fumava dentro do hospital, e as notícias não eram boas. Mario, seu cabelo comprido, crespo e duramente penteado para os lados, a partir de uma singela risca lateral, e seu bigode de morsa, era um desenho. Os olhos que depois seriam inundados pelas lágrimas.

Não muita coisa acontecia agora na vida de Miguel. Ele estava para se aposentar. Já não viajava muito. Começava a crer que todos os lugares eram iguais e que as fronteiras existiam de verdade porque os homens eram muito diferentes uns dos outros, e que não havia jeito. E que não gostava mais dos Bee Gees, e que não havia jeito para isso também, e que só um deles, afinal, havia sobrado. Mas que incrível essa viagem para o Brasil! Você merece, já estava mais do que na hora, você é uma das pessoas mais engraçadas que conheço.

Biglione ficou surpreso: era das pessoas mais sem graça que conhecia, e os seus desenhos não eram nada engraçados, e o livrinho não era nada engraçado, mas aí se lembrou de uma coisa que Miguel dissera em outros tempos: "Você tem um grande capacidade de autodepreciação. Engraçado que seja assim, vindo de um autodidata. Os autodidatas vivem encouraçados contra os sabichões." E aí começava a contar o que tinha acontecido nos países por onde passara. E sempre chegava às mulheres que por acaso tivesse deixado para trás. E depois se punha a ouvir alguma história de Federico, da qual sempre achava graça, ainda que Federico não saísse do lugar. Mas no fundo parecia estar pensando em outra coisa, a música que só ele escutava. E por isso Federico gostava dele.

Pensou que poderia ir embora tranquilo porque tudo isso, essa dança conhecida desse personagem que também era magro e comprido como os seus próprios personagens se repetira de maneira quase idêntica nesse encontro de despedida. *Adiós*, Miguel. A fita ficou perdida para sempre.

Antes da partida para o Brasil, Biglione foi abraçar Kiko, e foi abraçando Kiko que ele se deu conta de como era bom ter alguém no mundo feito da sua própria carne. Abraçar Enrique (Kiko) e beijar Enrique, e ser abraçado por ele (enquanto as pessoas que passavam pela rua diante do Instituto Biológico faziam que não entendiam nada, que não era com elas aquele lance de pai e filho).

Kiko ficou sem graça. Depois se animou e quis mostrar o laboratório. Ele é calmo, no fundo um relógio tranquilo.

Pouca gente está no laboratório, pois ainda é cedo. Kiko vai direto aos microscópios, e Biglione se lembra do tempo em que, bem mais novo, o menino só falava de drosófilas. Mas as drosófilas foram deixadas para trás e agora só se falava de microbiologia robótica e das pistas que seriam encontradas no cometa em que uma nave estava para pousar.

Queria mostrar todo o laboratório, e fazer Biglione olhar dentro de todos os microscópios, em que amebas poderiam estar dançando e bactérias sorrindo. E tudo isso, para Biglione, seria grego, como sempre. Desenhou uns seres esticados e contorcidos numa folha que estava sobre a mesa. Enrique chamou os colegas para ver, o papel era o relatório de uma pesquisa *in vitro*.

Biglione pensou nos livros infantis ilustrados por ele e nas dedicatórias que escrevera ao filho: *Crianças de Montevidéu*, *Aventuras velozes de uma tartaruga* e *Os discos e livros do sr. Ronaldo*. Pensou em quando viu os livros na estante do apartamento de Enrique, o apartamento que ele dividia com a namorada bioquímica. Pensou no dia em que encontrou Enrique sentado num banco da Plaza Gusmán, e de como ele ria ao sol, olhando as figuras compridas dos passantes projetadas no muro alto. E de como o filho sorria do seu jeito silencioso e satisfeito. As figuras compridas que se esticariam ainda mais nos *Arranha-céus de Federico Biglione*. "Que tal ter como pai um velho neurótico e fraco?" Para Kiko, tudo bem. "Um pai prestes a desaparecer para sempre no Brasil".

Estava escrito com pincel atômico numa cartolina branca: "Queremos que desenhe, Federico Biglione!". Uma menina loira, de olhos claros, segurava o cartaz. Era Manuela. Assim que Biglione apareceu no terminal, ela o reconheceu em toda a sua palidez de papel em branco e velho roqueiro, meio encurvado, vestido de preto da cabeça aos pés, e sorriu. Ele também abriu um sorriso amarelo. Balançara um pouco no ar. Estava lendo uma revista sobre o Brasil, a revista de cabeça para baixo.

Manuela tinha 27 anos, era bonitinha. Federico usou sua voz mais profunda e gentil para impressionar. Contou sobre a revista de bordo e falou das nuvens e dos retalhos verdes e ocres avistados lá embaixo, e nisso pareceu uma criança. Pegou o pincel atômico e desenhou na cartolina um estranho homenzinho fino que se dobrava num rapapé sobre o "Queremos que desenhe". Manuela enrolou o desenho, botou-o debaixo do braço e ameaçou pegar a mala de Biglione. A mala

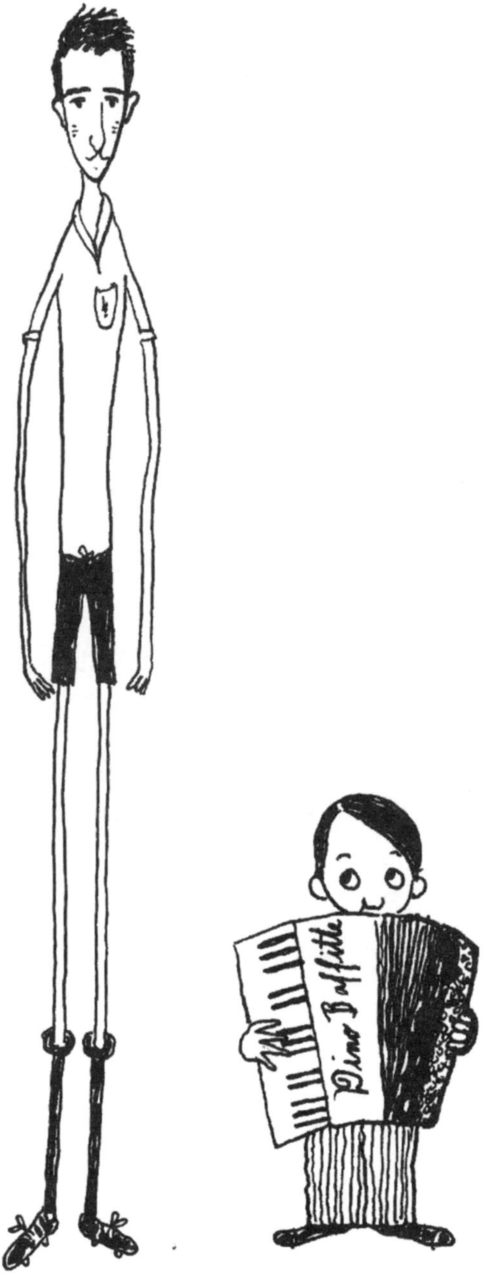
Dino Baffitte

não tinha rodinhas, era mais uma bolsa de viagem grande e estufada. Ele continuou com ela.

Manuela disse que tinha pegado emprestado um carro, e pediu que ele não reparasse na bagunça. Eles então falaram de aeroportos, dos quais ele não entendia quase nada, e ela disse que preferia o de Congonhas, um aeroporto quase íntimo, de chão quadriculado em preto e branco, onde só parecia haver lugar para os aviões prateados de antigamente. "As famílias iam assistir à partida e à chegada dos aviões no domingo, me disseram."

Manuela já estava há alguns anos na cidade. São Paulo tinha muitos imigrantes, "mais imigrantes do que nativos", ela disse. "E mil colinas, um trânsito infernal e dois grandes rios mortos." Foi o que ela disse, mas sem se abalar com isso.

O carro estava mesmo sujo e cheio de livros. Pertencia a um dos sócios da editora, Rodolfo, que era do oeste do estado. O outro, Emir Filho, o Pil, tinha vindo de Pernambuco. Como Manuela, da província de Buenos Aires, ninguém era local. Ao mesmo tempo, todos eram da cidade.

"Você vai conhecer o nosso bunker", ela disse. E eles saíram do aeroporto. Biglione sentia que ainda flutuava. Mas estava tudo bem, os pés no chão do Brasil. Estava faminto. Abriu a janela do automóvel e deixou o vento entrar. Não se importou com o cheiro ruim que veio, pensou ele, de um dos rios da cidade.

"Como é que meu livro chegou até vocês?", ele se lembrou de perguntar.

"Ah, foi o acaso." E Manuela se pôs a contar uma longa história que não terminava nunca, mas que era como música para Biglione, aquilo que ele queria ouvir desde o princípio, e ela ficou falando até não parar mais, e no meio do caminho ele pensou ter visto uma coluna de capivaras se esgueirando entre as árvores na margem do rio, e também uma garça-branca alçar voo entre um dejeto flutuante e uma placa no meio da avenida. Mas tudo isso Manuela, enquanto falava, achou impossível. Quantas vezes, mais para a frente, não chamaria por Federico como se fizesse um convite em meio a um sussurro, interrompendo o barulho e mesmo a alegria de um instante: "Precisamos ir, Federico", seguido de um sorriso e um olhar no relógio de pulso, para onde apontava o indicador. "Vamos nessa. Tá na hora", "Pronto, Federico?", com seu lindo português musical, dito em voz baixa.

Manuela disse que o livro dele estava entre os livros do banco de trás. E ele se virou e afundou um braço numa pilha e tirou lá de baixo um exemplar de *Os arranha-céus de Federico Biglione* que era bem diferente do original, e que ele, por incrível que pareça, ainda não havia visto, pois fora pelo correio e se perdera em algum lugar que talvez nem fosse o Uruguai.

A edição brasileira era estreita e comprida como os desenhos de Biglione, o que fazia dela um objeto muito especial. Ele abriu e fechou e folheou e cheirou o livrinho inúmeras vezes, e esqueceu de prestar atenção no caminho. Quando se deu conta, já estava chegando ao hotel, numa ruazinha de prédios velhos com um pedaço de viaduto recortado no final. Antes de entrar na visão suja do Minhocão o olhar de Biglione se deteve num ipê florido. Manuela o deixou no hotel e disse que voltaria para o almoço. Ele pensou que estava ficando apaixonado.

Descobriu uma sacada no quarto e se projetou nela para entender a vizinhança. Era cedo. Poucas pessoas passavam na rua. Um mendigo vinha pela calçada enrolado num cobertor. Era um negro alto e magrelo, cabelo raspado, chinelos de borracha e calça de agasalho esportivo, com três listras brancas muito limpas. Ia devagar, como se o caminho do trabalho fosse uma esteira rolante e ele fosse chegar antes da hora. Então parou diante de uma padaria e ficou esperando. Dois cachorros estavam amarrados do lado de fora. Os dois, um branco e outro cor de chocolate, mastigavam alguma coisa, muito bonitos e ocupados. O homem enrolado no cobertor ficou esperando do lado de fora, mantendo alguma distância dos animais, e sem ter onde se apoiar. Depois que alguém lhe deu um pedaço de pão, ele seguiu em frente, até passar debaixo do ipê florido e desembocar no Minhocão, o que demorou um bom tempo. Era um desenho de Federico.

Um homem passou numa bicicleta levando uma criança na garupa, de uniforme escolar e capacete em forma de cabeça de inseto. O homem estava de terno e gravata.

Um beija-flor saiu de uma árvore em frente ao hotel e planou, num voo inquisitivo. A árvore tinha ramos viscosos dependurados, pareciam flores selvagens. "Estou no Brasil", pensou. Foi assim que começou a viagem de Federico Biglione no Brasil.*

---

* De São Paulo foram direto para Santos, de carro. Federico se encantou com as ravinas da serra do Mar. Em Santos, a primeira chuva, as ruas de paralelepípedo, o calor úmido. Numa sala escura, projetou seus desenhos na parede de tijolos de um lugar que tinha sido um armazém de café. Em seguida, falou por quinze minutos e ouviu as perguntas de pessoas que não conseguia enxergar; não eram poucas. De Santos, foi de carro para São Carlos. Ali, a céu aberto, numa noite estrelada, conversou por cerca de uma hora com uma plateia atenta, cheia de estudantes, sentados comportadamente nas cadeiras de um anfiteatro. Em Belo Horizonte, deu um workshop numa praça pública. Muitas crianças vieram conversar com ele e desenhar em cima dos seus desenhos, coisa que o divertiu muito. A cidade parecia limpa e organizada, lembrava Montevidéu. Ele suspeitou que o caos estivesse escondido no lugar de onde haviam saído as crianças que desenhavam em cima dos seus desenhos. De lá para o Recife, onde os cheiros eram muito fortes. Uma mulher muito negra chamada Celeste, o sorriso carinhoso, ficou na cola de Biglione, encostando-se nele, cheia dessa ternura indiferente que os gatos têm quando gostam de alguém, deixando claro que não dependem dessa pessoa. Ele segurou na mão de Celeste e a ajudou a desenhar um de seus arranha-céus. A plateia estava bebendo ao redor. Tocava uma música nesse lugar, um boteco no segundo andar de um casarão em que nada era elegante. Que música era aquela? Ele perguntou, ninguém soube responder. Capas vazias de LPs pendiam do céu, penduradas em varais. Uma calma preguiçosa dominava inclusive o jeito de falar das pessoas, uma coisa úmida e quente como o verão de qualquer dia da cidade. Biglione desenhou um arranha-céu enamorado por um coqueiro. Tinha os cabelos ao vento de Celeste, cabelos pretos que pareciam duros, mas eram na verdade macios. Os presentes lhe apre-

sentaram o Homem da Meia-Noite e a Mulher do Meio-Dia, que entraram um de cada vez sem se ver, pois nunca se encontravam no carnaval. Voando de volta para São Paulo, ele dormiu no colo de Manuela. Ela o levou para o ensaio de uma banda especializada em krautrock. Era uma banda de rapazes muito novos e barbudos que alternavam barulho e delicadeza com a mesma precisão. Ele achou engraçado aquilo, sentiu-se o roqueiro mais velho do pedaço — e de fato seria o homem do século XX mais velho do pedaço, caso resolvesse dar umas voltas por ali. Nem sequer um beijo arrancou de Manuela, nem um abraço mais ardente. Por mais que tentasse agarrá-la, ela o abraçava como se abraça um pai, evitando que as partes íntimas dos seus corpos se tocassem. "São apenas corpos celestes, *minina*", ele dizia em portunhol, e a puxava pela cintura com amor. Não adiantava abrir o guarda-chuva contra o amor. O amor acabava de cair como uma chuva de meteoritos na cabeça dele, e ainda que impertinentes, tais corpos celestes não machucavam ninguém. Caíam fazendo cócegas no couro cabeludo e ficavam quietos num canto, em estado de maravilhamento, inofensivos. E não havia, nem nunca houve, nenhuma notícia da mulher do bufê de Montevidéu.

* * *

Federico estava quente. Manuela sabia que ele tinha bebido cachaça. Ele já era velho demais para descobrir a cachaça. No fim, ela acabou dizendo o de sempre. "Precisamos ir, Federico. Pronto? Está na hora, Federico, quer que eu desenhe?" E o levou pela mão, desviando por entre as pessoas, deixando apenas alguns papeizinhos autografados pelo caminho.

Cidade das estrelas

Em cima da mesa, uma luminária em forma de cone. Sua luz banhava as xícaras de café, o açucareiro de estanho e a lata de biscoitos que ele tinha trazido. Eram dinamarqueses, caso isso tivesse alguma importância. Estavam em lados opostos, na penumbra, e olhavam um para o outro, e não para as coisas iluminadas sobre a mesa.

Se tivesse pão, talvez ele ficasse fazendo um montinho com o miolo e empurrasse os farelos para as bordas, para depois juntá-los todos outra vez. Talvez os dedos grossos conseguissem ficar parados, em repouso, uns sobre os outros, por alguns segundos. Dedos de salsicha, ele dizia. Ele ainda usava a capa de chuva. Seus óculos estavam um pouco embaçados. Ele continuava triste e feio como sempre, sólido e simpático como costumava ser.

Ela estava na casa dos cinquenta anos. Continuava bonita, um pouco mais magra de rosto e um pouco mais cansada nos cabelos e debaixo dos olhos. Às vezes os cabelos resplandeciam na luz, quando ela avançava um pouco no picadeiro. Ele ainda se sentia aprisionado dentro dos olhos dela, onde não estouravam fogos de artifício nem nada: tinham uma superfície plana e escura da qual não era possível sair, por mais que ele tentasse, com sua timidez indomável.

Fazia frio lá fora. A cozinha, no entanto, permanecia quente. O forno estava ligado, e dentro do forno não havia nada, só o calor que aquecia as formas vivas debaixo da luz, e também a forma viva que era um gato malhado, preto e branco, de orelhas cor-de-rosa, escondido num canto.

Ela usava um robe de chambre masculino, que pertencera a seu pai. Era velho como ele, e largo como ele.

Meu pai parecia um caminhoneiro, até que a pessoa chegasse perto dele. Na verdade, era um bebê de olhos azuis. Usava aquela coisa no cabelo, que fazia um grande topete e um pega-rapaz, e o pente ficava guardado no bolso traseiro. Ele foi ficando gordinho com o passar dos anos, e sua pele tinha a consistência de um balão de gás branco que fosse vermelho nas bochechas. Ele me puxava para o ombro dele e me fazia ficar ali, pensando, antes de tomar qualquer atitude. Às vezes sonho que estou naquele ombro macio. É só meu travesseiro. Mas e você, me fala de você.

Ah, eu, disse ele com a voz um pouco infantil, que não combinava com sua feiura de homem velho. Fiquei andando por aí, feito barata tonta. Estive na Rússia, fui à Cidade das Estrelas, vi a árvore de Gagárin, que agora deve ter uns setenta anos. Vi as árvores dos outros cosmonautas. Era um sonho antigo. Tenho aqui algumas imagens. O que interessa mesmo são as árvores, a alameda cheia de cosmonautas mortos transformados em árvores. E um antigo foguete. Algumas noites eu não conseguia dormir. Acordava às três da manhã e ficava fumando, soprando a fumaça para o teto. Lá, ainda se pode fumar. E eles escutam velhas canções americanas no rádio, que ninguém mais ouve.

    Tive saudades, ela disse.

    Ele aquiesceu. Respirou fundo, parecia que ia se levantar para ir embora. Apoiou as mãos nos joelhos, examinou a cozinha.

    Semana que vem vou para os Estados Unidos.

    Você não tem medo dos acidentes aéreos?

    Até no espaço sideral eles andam batendo. É o lixo sideral.

    Achei que eram restos de um cometa antigo. Você esqueceu um livro aqui.

    Ah, guarde pra você. Leia. Eles não existem mais.

    Um dia você me leva com você?

    Vou pensar.

    Se você não fosse tão velhinho, me levava com você.

    É, a velhice é uma droga.

    Você ainda está enxuto.

    Essa palavra eu não ouvia há muito tempo. Não se fala mais assim.

    Como é que se fala?

    Você deveria saber.

    Conversa. Amanhã você tem que trabalhar?

    Bem cedo.

Você ainda trabalha no laboratório?

Sim.

Inventando o cheiro dos veículos novos?

Sim. E você?

Eu me aposentei e viajo sem compromisso. Por isso escrevo.

Ah. Você teria gostado do meu pai, ele era uma pessoa do ar, como você.

Continuaram a conversa no quarto. Era uma conversa sem futuro. Ela o ajudou na hora de tirar a roupa. Levou-o para baixo do edredom. O quarto estava aquecido, a noite avançava para sua hora mais fria. Ela tirou o roupão e o pijama. Houve um certo estremecimento no quarto, o tremor de um ninho, como estava escrito num poema do livro que ele lhe deu, a propósito de outra coisa.

Depois ela disse que o cheiro da capa de chuva não era o cheiro dele, era de outra pessoa.

Prefiro o seu cheiro, você não envelhece nunca.

Era usada quando eu comprei, onde mais acharia uma nova?

Quando eu voltar do trabalho amanhã você vai estar aqui?

E diante de nenhuma resposta: Quando você morrer, vou plantar uma árvore com o seu nome. E mandar tocar uma balalaica.

The Beatle

Trio

Era Nice, era mesmo Nice parada em frente à gôndola de legumes. Elas se abraçaram. Tanto tempo e ainda se reconheciam. Tuca sentiu que Nice tinha se transformado numa mulher gordinha. Ela não, ela sempre fora magra, mas seus seios estavam bem mais fartos, foi o que Nice pensou. Os olhos de Nice eram grandes e claros, as sardas preservavam em seu rosto o antigo frescor da juventude. O cabelo de Tuca, sempre curto, agora estava mais comprido e grisalho. Ela continuava bonita. Fazia mais de vinte anos que não se viam. "E olha que agora, ainda por cima, somos invisíveis", disse Tuca.

"Pros homens", disse Nice.

Era muito tarde. Lá fora estava frio, lá dentro também, na luz de mercúrio do supermercado que não fechava nunca.

Tuca ia fazer 53 anos em julho; estavam em junho. Na manhã daquele dia um colega aparecera no obituário do jornal, e isso a deixara pensativa. Ela morava na vizinhança de um pequeno parque, onde ficava uma biblioteca infantil que envelhecera mal e vivia abandonada. Ao observá-la da janela, tomando café, pensou nela também, na biblioteca infantil consumida pelo tempo.

Naquela noite, na calçada ao redor desse parque, suja de cocô humano e animal, ela pensou ter visto um velho amigo. Estava sentado na sombra, encostado ao muro. Ela passou por ele e depois olhou para trás. Pensou tê-lo reconhecido. De repente, como se lembrasse de um compromisso inadiável, ele se levantou num salto, deu três passos impacientes na direção de Tuca e a ultrapassou. Estava descalço e levava um cobertor no ombro. Era um mendigo. Virou a esquina e desapareceu.

Algumas horas depois, Nice materializou-se diante dos legumes. Claro que ela se lembrava dele, do amigo possivelmente encarnado no mendigo. Deixou um número de telefone para o qual Tuca teve de ligar ainda naquela madrugada. Havia enxergado o homem outra vez, lá embaixo, dobrando a mesma esquina. Desceu correndo pelas escadas, mas não o encontrou. A rua estava deserta.

Talvez Nice ainda fosse atriz: era o que Tuca queria descobrir. Nice tinha virado atriz em algum momento dos anos 80. Combinaram de se encontrar no café embaixo do prédio de Tuca.

Estão no café. "Sou uma atriz secundária, do tipo que você nunca sabe o nome." Nice teve uma carreira paralela de professora até se aposentar.

"Venha me ver no sábado." Ela estava em cartaz num teatro ali perto. Era uma peça de Tchekhov em versão moderna.

Mas e o amigo? "Meu Deus, será que era ele?" Ficaram pensando, uma olhando para a outra, notando como eram opostas. "Não, não é possível. Você queria ver o cara e ele se projetou na sua frente no corpo do mendigo. Devia ser um mendigo lindo."

A máquina de café expresso soltou seus vapores. Mas não se recuperam mais de vinte anos assim, num minuto. Pagaram a conta. "Só não te convido para subir e conhecer meu apartamento porque ele virou uma tremenda bagunça", disse Tuca. "Minha nora está morando comigo."

Prometeram se ver outra vez. Nice parou na calçada em posição de esgrima, olhando para o céu. Era uma velha atriz numa peça de Tchekhov. Tuca cruzou os braços de frio. Depois elas se abraçaram e se despediram.

O celular de Tuca faz um barulho de grilo. Ela atende. Fala com o ex-marido. Nada do que ele diz parece surtir algum efeito sobre ela. É como se não houvesse ninguém do outro lado da linha. Tuca não tem paciência. Ele está do lado do filho, o que engravidou a menina que vive com Tuca.

Trancada no banheiro, enjoada, a barriga imensa e pontuda apontando um menino, ela até que é boazinha, diz Tuca. Estava se sentindo deformada, inchada e abandonada. E como não tinha onde morar, onde mais poderia morar, a não ser no apartamento de Tuca? Os pais dela não sabiam de nada, eram dois velhos hippies do interior que tiveram uma filha temporã.

A menina se chama Duna. Tuca espera que Duna não dê um nome hippie ao garoto que vai nascer. "Não faça isso, por favor." Preocupa-se com ela. Faz com que se alimente. Elas dormem na mesma cama de viúva. Duna dorme profundamente, e Tuca às vezes acorda com a mão sobre a barriga dela, como se estivesse com a mão sobre a própria barriga no seu tempo de grávida. Era para ser uma situação provisória.

Tuca tinha muitos irmãos para dar uma força, mas estavam todos espalhados pelo estado.

No sábado, ela foi ao teatro e levou Duna. Fazia muitos anos que não via uma peça. "Vá ao teatro, mas não me carregue", sussurrou para Duna. Era o seu lema. A menina riu, tinha vinte anos. As luzes se apagaram e a cortina se abriu devagar. Tuca reconheceu que havia alguma coisa de sagrado naquele momento vazio em que um holofote projetava uma luz amarela no centro do palco e se ouviam os passos de um ator entrando em cena. Focou nas partículas de poeira dançando no jato de luz. O ator chegou ao centro – e era Nice. Tuca jamais a vira em cena. E ela era uma boa atriz.

Os cenários se iluminaram ao fundo. Tuca afundou na poltrona, como se fosse a sua primeira vez no teatro. Mas aquela montagem mágica de Tchekhov mostrou-se, no fim, uma chatice. Apenas Nice parecia natural. Todos os outros atores avançavam para a boca de cena e gritavam suas falas. "Vá ao teatro, mas não me carregue." Tudo bem.

Duna, ao contrário, gostou de tudo. Amou a personagem de Nice, e lhe disse isso, com uma barriga entre elas. Tinham a mesma altura.

E assim, depois do espetáculo, o pessoal do teatro foi a uma pizzaria. Nice, Tuca e Duna seguiam logo atrás. Parecia que os atores continuavam em cena. Falavam alto e se dobravam em mesuras medievais, como se um rei estivesse caminhando pela rua. O rei, no caso, era um dos atores principais. Era alto, barbudo e cabeludo. Usava um cachecol comprido enrolado no pescoço, um clichê ambulante.

Ainda fazia frio. Os atores se abraçavam e se repeliam. O mais alto esperou as amigas chegarem mais perto para perguntar a Tuca se ela havia gostado do espetáculo. Ela mentiu que sim. Duna se adiantou e disse que tinha adorado. Ele falou sobre como era bom que a criança dentro da sua barriga fosse inoculada por esse amor ao teatro. "Tomara que ela também goste de cinema", disse Tuca. Ela dava aulas de sonorização no cinema numa faculdade próxima. Trabalhava com som há muitos anos. Seu objeto favorito era um gravador Nagra III antigo.

"Duna, quero esse nome pra mim", disse o ator, e tanto fez que ela acabou se sentando ao lado dele na pizzaria lotada. A barba do homem era imensa: Duna deu um leve puxão nela para conferir sua autenticidade.

Um outro ator menor cantava uma canção no ouvido de uma atriz bonitinha. Que canção seria aquela? A atriz estava gostando.

"É um bom sujeito", diz Nice. "Os mendigos do bairro adoram ele." Tuca ficou pensativa. "Será que ele não conhece o mendigo nosso amigo?".

Esperaram que o ator menor ficasse livre. Nice foi até ele. Mas ele não sabia de nada, não lembrava da cara de nenhum mendigo, apenas passava por eles e lhes dava alguma coisa, caso botassem a cabeça para fora dos cobertores imundos em que se escondiam. Os mendigos do bairro costumavam dormir nas calçadas durante o dia, em colchões velhos, totalmente cobertos. À noite, bebiam e vagavam pelas ruas, atrás de comida. Diziam que a noite era perigosa.

No final de tudo, quando restos do jantar jaziam sobre a mesa, o ator-rei dirigiu para o nada o seu olhar mais sombrio, pontuado de soluços, sem mais nenhuma conversa com Duna.

"Aquela casa", Nice falou para Tuca, "eu conheci." E descreveu os cômodos, as velas, o riacho. Havia um riacho de águas sujas que passava ao longo da rua, e às vezes esse riacho transbordava. A casa ficava no Butantã, era iluminada por velas, ninguém ali gostava muito de luz elétrica, ou ninguém pagava a conta de luz. Nice descreveu os moradores um a um: o negro zen e sorridente de black power, revisor eterno; o casal de lésbicas da USP sempre grudadas; a ilustradora peruana meio sujinha. Duríssimos. E também lembrava de todos os seus nomes. "Ali morava o nosso Casanova."

"Ah, você também teve alguma coisa com ele?", disse Tuca, admirada.

"Igual a você e todas as outras. Fomos uma legião."

"Então tomara que ele tenha mesmo se transformado naquele mendigo."

Nice deixou Tuca e Duna em casa, de táxi.

"Boa noite", ela disse antes de partir. Sua voz era cheia de calor e humanidade, como o seu personagem do Tchekhov, o médico das almas. Duna estava dormindo em pé, amparando a barriga. O mendigo, na contramão dos outros, dormia do outro lado da rua, debaixo do cobertor imundo, nas sombras do parque. Tuca ficou mais um tempo na calçada, fumando lá fora antes de subir. Pensava naquele homem. E nos outros homens da sua vida.

Os russos

No caminho que levava até sua porta havia dois capachos, o meu e o seu. No meu estava escrito *Welcome* (uma ironia). No seu não estava escrito nada. E mesmo assim, todo dia, ao sair de manhã, eu ajeitava com a ponta do pé aquele capacho que não dizia nada, apenas pertencia a você, zelava por você em frente à sua porta. O caminho que levava até sua porta, saindo direto do vão da minha porta, era aquele, e eu quase poderia atravessá-la, se fosse um fantasma, porque era esse o meu desejo, atravessar sua porta, invisível, e ver o que você estaria fazendo, cuidar de você sem você perceber, como devem fazer os mortos com seus entes queridos, principalmente aqueles que não sabem que já morreram.

A primeira vez que te vi você segurava uma sacola de pano estufada de compras. Se fosse em outro tempo, um tempo em que eu era mais jovem, teria dito a você que havia sonhado com aquela onda (a sacola tinha uma estampa da *Grande onda*). Mas eu não sabia mais como dizer aquilo. A verdade é que tenho um pesadelo recorrente com uma grande onda que está prestes a cobrir uma cidade, uma onda maior que os arranha-céus, uma onda negra maior do que qualquer coisa.

Você saiu do elevador e segurou a porta para mim. Eu disse obrigado. Antes que descesse, pude ver que era jovem e bonita, que usava uma franja e que seu cabelo era quase vermelho. Eu sabia, pelas contas que às vezes dormiam no seu capacho, que você se chamava Elena Klimov, sem agá. Então, depois que te vi pela primeira vez, a partir da sua aparência, passei a acreditar que você fosse, de fato, russa. Pensei que isso era muito legal, ou melhor, deixei que a *Grande onda* da sua sacola me cobrisse, ainda que você fosse russa, não japonesa. Elena Klimov evoca um clima e também uma mulher pela qual os homens brigavam. O título da ária de um compositor russo.

A *Grande onda* é uma gravura de 1831. Hokusai desenhou várias vistas do monte Fuji, e a *Onda* era uma delas. Ele usou um raro azul da Prússia. Sei tudo isso porque qualquer pessoa pode saber qualquer coisa hoje em dia, e eu sei duas ou três coisas sobre Elena Klimov, este nome que me cativou e me fez querer pegar o caminho que levava até sua porta e atravessá-la sem que ela se desse conta.

Já tive tantas ocupações, mas você anda sempre tão ocupada. Alterna fases de grande correria com outras de grande calmaria. Deve ser por causa da sua profissão. Qual a natureza da sua profissão? Você também trabalha em casa. Somos um conto de duas solidões — você trancada aí dentro, enquanto as contas crescem sobre o seu capacho, e eu aqui fora, girando lentamente a chave na fechadura, pois quanto mais avanço, mais fica para trás o caminho que leva até sua porta. Então apuro os ouvidos na escuta dos barulhos que você faz atrás da porta, e às vezes penso que devia mesmo apertar sua campainha sob um falso pretexto e perguntar como é que você vai. Bobagem, você não vai a lugar algum nessa fase.

Só às vezes a sua porta se abre num estrondo, de forma surpreendente, e você vai embora sem esperar quase nada pelo elevador (quando sou eu que espero, ele nunca vem, e se vem, chega com alguém que não tem nada a ver dentro, e desce parando em todos os andares).

Nunca mais vi a sua sacola de pano com a *Grande onda*, mas ela se espalhou por toda parte: nas folhinhas, nos descansos de tela, nas capas de livros, em tudo que vejo está a *Onda*. É como um tipo de música que não é necessário parar para ouvir.

Tenho esse amigo russo. Ele é alto e magro, finamente eslavo, não pode beber nada que seu rosto logo fica vermelho. Ele gosta de cerveja, só bebe cerveja. Está sempre no mesmo lugar, o mesmo boteco por onde passo toda tarde, caminhando. Paro para conversar. Peço água mineral, ele sabe com quem está lidando. Tem um coração tão alegre que não permite que eu leia os russos. Eles são muito tristes. Meu amigo está sempre com um livrinho desbeiçado em cima da mesa. Ele finge que está lendo determinado filósofo, mas não é nada disso. O livro lhe faz companhia, caso alguma coisa aconteça e ele se veja forçado a não sair do lugar. Ele é um artista moderno que precisa pensar muito naquilo que vai fazer, o que acaba fazendo só depois de muito tempo, como se tivesse criado limo ali naquele bar de esquina, seu *observatório romano*, que é como ele chama o lugar. De seu observatório romano anota algumas coisas nos espaços brancos das páginas do livro. Daí que seu livro se parece com uma obra em andamento, fruto de um grande trabalho, e trabalhar cansa, e por isso ele bebe e mantém o rosto vermelho falsamente iluminado pelo crepúsculo.

O mais russo nele é o seu gosto por pepinos em conserva, porque nem sequer vodca ele consegue beber, e do caviar mantém uma distância respeitosa. A ele também interessa todo o folclore da Revolução Russa, os chapéus pontudos com a estrela do Exército Vermelho, o cavanhaque de Trótski, os seus coelhos, os olhos de aço de Lênin e o bigode de um vampiro chamado Stálin, horas e horas agonizante em seu escritório antes de morrer, pois ninguém tinha coragem de bater à porta para saber o que estava acontecendo; as loiras robustas olhando para o porvir enquanto seguram feixes de trigo no colo como se fossem bebês. Elena Klimov.

"Quando vai ser sua próxima exposição?"

"Quando eu juntar todas as coisas de que preciso. É um monte de coisas, do tamanho da União Soviética, aquela que morreu."

Assim ele fecha o livrinho com a caneta Bic no meio, como um marcador de páginas, e passa a observar a cidade que escurece desde a sua esquina. As pessoas passam, cansadas e também aflitas, porque sabem que algo está escapando delas a cada janela que se fecha. Meu amigo russo espreme os olhos muito claros, avermelhados, e continua colecionando coisas com o livrinho fechado sobre a mesa.

Como você, ele tem uma tatuagem no braço. No seu caso é um coração com um nome dentro, do tamanho da marca de uma vacina. Num braço tão branco, o coração vermelho, pequeno, coração de cachorro ou de recém-nascido, o que estará escrito dentro dele? O nome de uma pessoa, é claro. O nome de um gato, um herói, um amor, um amigo. Um nome do qual você se arrepende, pois só uma vez, nas raras vezes em que te vi, ela estava à mostra, a tatuagem. E fazia um calor insuportável, você deveria estar usando um vestido sem mangas, mas não estava. As mãos pequenas, as unhas pintadas de preto, as chaves que tilintavam ao abrir a porta do seu apartamento, no exato momento em que eu aparecia.

Um mistério nos Electric Lady Studios

Nas primeiras horas da manhã de 24 de agosto de 1970, uma segunda-feira, Jimi Hendrix saiu dos estúdios Electric Lady, no Village, depois de uma noite exaustiva de gravações e reparos numa das últimas canções que deixaria para o futuro, a instrumental "Slow Blues".

Os Electric Lady tinham ficado prontos pouco antes, e seriam inaugurados na quarta-feira, 26 de agosto. Foram construídos sob medida para ele, mas Jimi passou apenas quatro semanas ali antes de morrer, em 18 de setembro. Naquela noite de domingo, ele examinara chapado os murais de Lance Jost com as garotas elétricas, cósmicas. Sonhara com elas, e estava feliz.

Segunda é sempre um dia triste, mas entrar na mesma luz natural que começava a banhar as fachadas dos edifícios mortos, as ruas ainda meio escuras cortadas lentamente por automóveis sonâmbulos, era bom para Jimi. Tão bom que ele procurava um café para sentar e obter uma perspectiva ainda melhor do carrossel parado prestes a iniciar seu giro infernal. Afinal, trabalhara a noite inteira.

Um cachorro solitário rodava às cegas num raio de sol, farejando coisas bonitas no ar carregado de partículas dançantes.

Um homem de chapéu de abas largas espetado por um penacho multicolorido sorriu de graça para Jimi, sem perceber de quem se tratava. Não tinha nenhum dente.

A caminho do café, Jimi não era o tal. O cabelo nem estava muito armado, e o bigode, raspado nas semanas anteriores, voltava a crescer com as pontas na direção do queixo. Vestia uma camisa azul de tecido comum, e a calça era de um algodão qualquer, de cor escura. As botinas não brilhavam, e nenhum adereço exótico pendia do seu pescoço.

Ali estava o rei despojado de seu manto, de óculos escuros, um plebeu em cuja cabeça também não havia nenhum vestígio de coroa ou chapéu emplumado.

Ele encontrou um pequeno café aberto numa esquina a três quarteirões dos Electric Lady. Chamava-se Guatemala, um nome impossível de pronunciar.

Sem nenhum freguês dentro ou fora, escolheu uma mesinha na calçada — a única, minúscula, redonda, quase do tamanho de um pires, com uma flor de plástico em um vasinho. Estava ótimo. Abriu o cardápio, uma garçonete apareceu e também não deu por ele. Jimi sorriu e ela anotou o pedido: ovos mexidos e café.

Jimi amparou a cabeça nos dedos longos da mão esquerda e seu cotovelo balançou a estrutura da mesa, fazendo o vaso tombar. "É como tomar café em Lilliput", ele disse à moça, que voltara com um papelzinho dobrado para colocar num pé da mesa. Jimi teve uma visão privilegiada do alto dos cabelos dela, dourados e divididos ao meio, terminando em duas tranças enroladas à moda holandesa.

Quase dava vontade de percorrer aquele caminho de couro cabeludo com a ponta do dedo, e ele chegou mesmo a esticá-lo, como se fosse tocar uma corda no braço da guitarra.

Ela se levantou e, sem querer, roçou a ponta do nariz no dedo. Desse nariz não saiu nenhum ruído. Ela riu, entrou e voltou com o café, numa sequência que parecia mágica.

Jimi permaneceu na mesma posição, acrescentando o cruzamento das longas pernas e tomando cuidado para não abalar a frágil estrutura que agora sustentava outros objetos.

Tudo corria bem, na imobilidade desejada, e a manhã começava a ficar azul. Dentro de pouco tempo o movimento incessante recomeçaria, mas antes disso um homem magro e metido num casaco comprido, que nada tinha a ver com o verão, passou por ele e virou a esquina. Parecia dobrado sobre si mesmo.

Jimi conhecia o homem: era um pequeno traficante das redondezas. Ficou na dúvida entre abandonar a tranquilidade do café e correr atrás dele.

Decidiu pagar e sair às pressas, dobrando a mesma esquina. Talvez a moça tenha percebido enfim de quem se tratava, pois sorriu e ficou parada na porta, com as mãos enterradas no avental, como se esperasse que ele fosse apanhar uma coisinha logo ali e retornasse.

As pernas longas de Jimi alcançaram o sujeito bem rápido. Ele virou a cabeça e mostrou os olhos vermelhos, duas olheiras roxas e um nariz torto de onde saltavam uns pelos. Os lábios cinzentos se abriram, deixando ver os dentes ruins. Disse oi e enfiou a mão no casaco, de onde trouxe um pacotinho de heroína entre o polegar e o indicador.

Jimi resolveu abri-lo ali mesmo, para ver se a heroína não era batizada. O homem deixou a mão estendida e manteve um sorriso burocrático a ponto de desaparecer.

Dois fatores precisam ser considerados. De um lado, Jimi desconfiava do traficante, de forma que, ao encostar a ponta do dedo no pó e levá-lo à boca, teve a sensação desagradável de que ali havia qualquer coisa menos heroína.

Os óculos escuros atrapalharam. Também sentiu o vento, uma corrente de ar traiçoeira fazendo uma curva sinuosa pela nuca e se dirigindo ao pó. A possível fraude e o medo de que o vento levasse tudo se uniram num único gesto estabanado de canhoto, e o papelote saltou da mão de Jimi, esparramando o pó pela calçada.

Foi um desastre. Os dois homens trocaram um rápido olhar e baixaram até o chão. Jimi se levantou assim que o outro puxou um canivete longo, que se abriu automaticamente.

Jimi deu um empurrão no cara e conseguiu fugir. Saiu correndo sem direção pelas ruas, louco e livre como num sonho em que as responsabilidades ainda não tivessem começado. Ria enquanto arfava, e assim desapareceu. Seus passos ecoaram numa rua desconhecida, as pernas diminuíram o ritmo e fizeram o movimento de um compasso em frente a um prédio do qual saía um rapaz sério. Jimi sorriu e coordenou uma larga passada por trás do indivíduo, com o intuito de impedir que a porta se trancasse.

O rapaz olhou para ele sem se alterar. O sorriso de Jimi pedia passagem, e o rapaz precisava pegar o metrô antes que lotasse. O pensamento vago de que talvez conhecesse o homem escapuliu num instante.

Jimi entrou no prédio bem a tempo: suando em bicas, o traficante invadia a rua acompanhado de um comparsa. Passaram pelo rapaz sério quase trombando com ele, enquanto Jimi chegava ao topo do prédio, onde alguns pombos burros esperavam a hora certa para voar, pousados no parapeito.

Jimi espantou todo mundo e olhou para baixo. Durante a revoada, um dos homens olhou para cima, mas o sol impediu que visse qualquer coisa. O sol já dourava as paredes de velhos tijolos marrons e as inscrições gastas incrustadas nelas, uma sobre a outra, anunciando velhos armazéns irlandeses e holandeses e outros vestígios de uma civilização desaparecida.

No teto do edifício, Jimi sentou numa sombra e dormiu. Os ruídos da vida que retornava devagar acariciavam seu estupor. Adormeceu ouvindo a melodia que gravara durante a noite.

O rapaz sério se chamava Jorge Monteiro. Nascido nos arredores de Lisboa, e estando na cidade para um curso de verão na Universidade de Nova York, Jorge dividia um apartamento com um colega peruano muito parecido com Henry Kissinger, um Kissinger mais alto e mais forte. Em um mês de estada, Kissinger já havia se metido em duas brigas de rua, uma delas na Washington Square, com um funcionário da marinha mercante que ele tratou de jogar na fonte. Mas tudo fora obra do acaso: Kissinger era uma flor de pessoa.

Jorge voltou para casa às cinco da tarde. Kissinger estava trancado no quarto com alguém. Jorge foi ao topo do prédio, onde gostava de fumar e observar a cidade. Ali encontrou Jimi, debruçado sobre a mureta. Disse olá e acendeu um cigarro, meio timidamente. Jimi pediu um, e foi só nesse momento, ao acender o cigarro de Jimi, que Jorge descobriu que estava diante do maior guitarrista do mundo.

"Você não é o...?", ele disse, ao que Jimi respondeu com um sorriso gaiato, perguntando em seguida de onde ele era.

"Lisboa, Portugal. Posso te perguntar o que faz aqui em cima?"

"Estou pensando em fazer um show no topo deste prédio."

"Ah, como os Beatles."

"Você fala um inglês muito bom."

"Obrigado."

"Mora por aqui?"

"Dois andares abaixo."

"Ah."

"Eu te pediria para assinar um disco se tivesse um disco teu. Desculpe."

"Não se preocupe com isso, George. O que acha de um café?"

"Posso fazer um pra você, se não se incomodar. Solúvel."

"Sério? Poderia deixar minha assinatura na parede do seu apartamento."

"Acho que não seria uma boa ideia, pois a dona é cheia de escrúpulos com tudo o que nos emprestou, incluindo as paredes."

"Sem assinatura, então."

Desceram, e ao abrir a porta Jorge deu de cara com Kissinger e Lucinha sentados na sala, tomando café. Jimi vinha logo atrás, e com muita dificuldade os dois adivinharam de quem se tratava. Mas Jimi foi na mosca.

"Henri Kissinger, eu presumo."

Lucinha era do Brasil. Seus pais compunham jingles em São Paulo de forma misteriosa, no carro, a caminho do trabalho. Eram ricos. Como Jorge e Kissinger, ela fazia o curso de verão na universidade.

Kissinger dizia que era sua namorada, mas, por educação, toda vez que perguntada a respeito a garota não dizia nem que sim nem que não. Tendia a dizer que não, tinham se beijado, mas ela achava que ele era meio brutamontes e também muito delicado, tudo ao mesmo tempo.

Filho de um fotógrafo da burguesia limenha, Kissinger apenas aguardava, temendo que o curso levasse o verão embora e todas as suas esperanças junto.

Então era o Hendrix. Esperavam um artista mais exuberante? Jimi, no entanto, estava confortável na pele de plebeu. Tomou o café e perguntou se era do Brasil. Eles responderam que não. Descobriu que Jorge e Lucinha trabalhavam na cafeteria de nome impronunciável, onde fora servido pela garota que parecia holandesa.

"Conhecem uma garota assim e assim?"

Era de fato holandesa, metida no mesmo curso de verão.

A conversa parou por aí. Jimi tomou o café em silêncio. Depois foi se debruçar sobre uma pilha de discos, de onde não tirou nada. Pertenciam à dona do apartamento.

"Você gosta de jazz?", perguntou Kissinger.

"Por que não? Desde que eu esteja dormindo." Hendrix tinha o hábito de desligar e cochilar. Mitch Mitchell, o baterista do Experience, gozava dele por causa disso. Acordado, porém, queimava guitarras. Dormir, para Hendrix, era deixar fluir a música do jeito que ela se apresentava, independentemente do intérprete, da indústria e do disco. Jazz fazia Jimi sonhar com a chuva de Seattle, a sua terra natal, e com a chuva de Londres, duas cidades ligadas nele pelo sonho, sem guitarras nem fios.

Jorge, Kissinger e Lucinha ficaram meio sem jeito pela resposta. Jimi quebrou o gelo convidando todo mundo para a inauguração dos Electric Lady. Ele se sentou no chão, esticou as longas pernas no tapete e deu um sorriso. Depois olhou para o teto e bocejou. Para Jorge, era mais um sinal de conforto do que qualquer outra coisa. Os outros devem ter pensado o mesmo, pois passaram a conversar sobre uma música que nada tinha a ver com ele.

Jimi achava o inglês deles muito musical, às vezes incompreensível. Eram bons meninos. Lucinha tinha um ar maternal, não sendo nem bonita nem feia. Jorge não tinha um fio de cabelo preto fora do lugar. Kissinger era um Kissinger sem política. Também havia um peixinho vermelho num aquário olhando fixamente para Lucinha.

Não importava que ela batesse na parede de vidro com a ponta da unha: o peixe não saía do lugar, movendo as nadadeiras num ritmo frenético de beija-flor.

Está apaixonado por ela, pensou Jimi. Lucinha beijou o aquário enquanto dava comida para o peixe e ele como que desfaleceu.

Então colocaram um disco de jazz para tocar. Jimi ficou estalando os dedos no ritmo. Serviu-se de mais café e deteve-se por um instante em seu reflexo distorcido no bule. Achou engraçado o grande Jimi Hendrix. Pensou que não estava mesmo a fim de barulho. Queria a calma perfeita da música eletroacústica que deixara inacabada no estúdio.

Começou a olhar para Lucinha com outros olhos, ouvindo os ruídos quentes da selva de onde ela deveria ter vindo, os macaquinhos e as cobras e um jaguar. Perguntou por tudo isso, e ela descreveu sua cidade para ele. "Um tipo de Chicago", ela explicou.

"Certo."

"Ou Detroit, com mil colinas."

Ela disse também que gostava de brincadeiras de menino. Descreveu as tardes em que soltava papagaios entre as antenas de TV e batia bola no meio da rua, distribuindo caneladas pra todo lado. Jimi achou engraçado aquilo.

"Como se diz caneladas em inglês?", ela perguntou. Ficaram confusos, e ela chutou o ar, mostrando como fazia. Adivinhou que Hendrix estava faminto, e preparou um sanduíche com o que tinha na geladeira.

A noite chegou sem que se dessem conta. Apenas acenderam o abajur e começaram a falar mais baixo, sem saber por quê. Jimi continuava rindo e falando pouco. Resolveram descer para comer alguma coisa, e Lucinha foi de braço dado com Jorge, Kissinger e Jimi logo atrás. Era o dia de folga de todo mundo.

Jorge não sabia administrar esses períodos de vazio. O pai, em Lisboa, era mais sério do que ele, e só acreditava no trabalho e nos ternos escuros de Salazar, que acabara de morrer, em julho.

Jorge tinha vontade de se livrar desse peso, e ter conhecido Hendrix e vivido aquela noite em que caminhavam todos pelo Village em absoluta camaradagem, tudo era uma súbita constelação que resplandecia dentro da sua cabeça.

Estava assim entretido quando o traficante e seu comparsa dobraram a esquina e encontraram Jimi cercado de amigos.

A primeira coisa que o traficante fez foi sacar o canivete. Kissinger tomou a frente de Jimi, Jorge empurrou Lucinha para o lado. Kissinger fechou o punho e esperou. O traficante e o comparsa ficaram parados, também à espera. Kissinger não teve dúvida: tirou o casaco, enroscou-o no braço e avançou sobre eles. Como era muito grande, os dois ficaram assustados e recuaram um passo. Então Jimi tirou o sapato pontudo e arremessou bem na cara do traficante, obrigando-o a largar o canivete para tapar o olho com a mão.

Jimi já ia tirar o outro sapato quando Lucinha deu uma canelada no homem, e o comparsa, amedrontado, bateu em retirada. De joelhos, o traficante — que ainda vestia o casaco comprido, esparramado pelo chão — estapeava o ar, cego de dor. Por fim, conseguiu se levantar, deu dois passos para trás e voltou para apanhar a faca. Foi quando Jorge deu um soco que não acertou ninguém. Mas seu cabelo saiu do lugar, uma franja preta cobriu-lhe a testa, e o traficante fugiu mancando.

"Ladrão", disse Kissinger.

"Um bandido das redondezas", disse Jimi, calçando o sapato.

Resolveram voltar para o apartamento e pedir comida chinesa. Hendrix começou a rir, abraçado a Kissinger. Ele amava comida chinesa. E disse: "Meus cavaleiros. Minha dama elétrica."

Depois do jantar, resolveu ficar por ali mesmo, acomodando-se na sala, sob um raio de luar tímido que ameaçava entrar pela sacada. Fazia calor.

Muito mais tarde, Jorge e Kissinger foram dormir num quarto, Lucinha no outro. Ela se levantou no meio da noite para ir ao banheiro e beber água. Vestia um baby-doll que deve ter levado na bolsa, e que lhe dava um ar de criança sonolenta. Jimi reparou nisso deitado no sofá, trastejando no braço a música gravada na noite anterior. Mais um dia desaparecido e Eddie e mesmo Mitch logo procurariam por ele, pensou. Se é que já não estavam procurando.

Mas naquele momento estava mais ou menos apaixonado pela garota do Brasil, ou pela visão fantasmagórica que teve de uma mulher elétrica, cósmica, bebendo um copo d'água sob o vão da porta, num apartamento apertado e silencioso do Village, como se ninguém mais estivesse ali.

Ela voltou para o quarto e Jimi continuou deitado, escutando a própria respiração, de olhos bem abertos, como o peixinho vermelho que no fundo do aquário cochilava. Ambos tinham o mesmo tempo de vida pela frente.

2

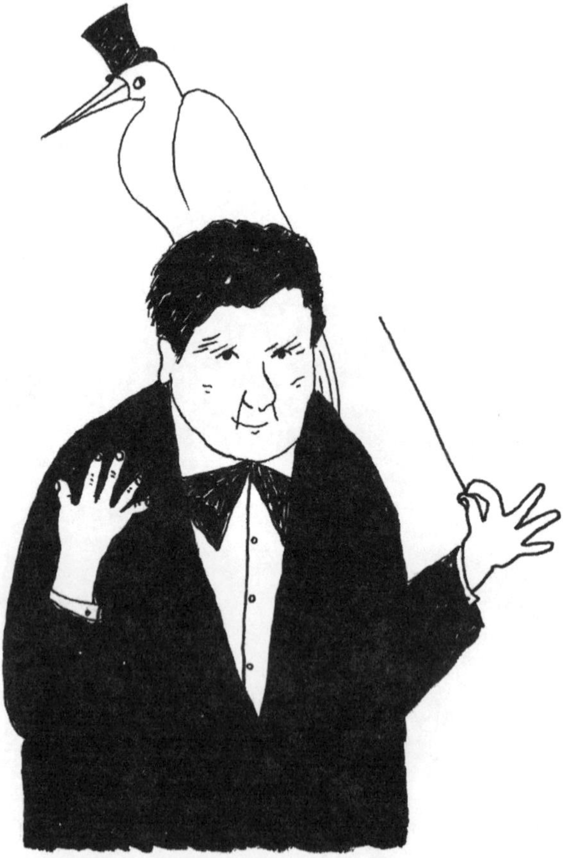

Aquela plenitude

Num canto do escritório do meu amigo arquiteto eu escrevo. Não há muita coisa sobre a mesa: um lápis, um papel, uma caneta de ponta fina, o jornal do dia, suas folhas dobradas de tal forma que se poderia matar uma mosca com elas. Nenhum inseto, nem as formigas de ontem, em cena quando sobraram grãos de açúcar pela mesa. O jornal não serve para nada. Não compre jornal, minta você mesmo. Era o lema de uma antiga greve de jornalistas.

Meu amigo arquiteto e os dois assistentes dele estão reunidos de um jeito relaxado sobre uma prancheta. Estão brincando com a ideia de um prédio orgânico. Umas plantas aqui, outras ali, uma parede inteira com uma floresta vertical, a água da chuva recolhida num reservatório para ser reaproveitada, empatia com os pássaros, pedras gentis, música ambiente da melhor qualidade, música brasileira da melhor qualidade.

As pás do ventilador giram acima de nossas cabeças. Têm preguiça. Eu escrevo. Sobre o que escrevo? Eles querem saber. Vocês sabem, é um tipo de consultoria. É isso aí. Não convence ninguém, mas eles são simpáticos. Meu amigo volta para a sua mesa, põe os pés sobre ela, trança as mãos na nuca, fica me observando. Depois levanta num salto e diz que vai fumar lá fora. Vou atrás dele. Por que nunca fumei? Devia ter aprendido a fumar enquanto era tempo. Agora os fumantes vão fumar lá fora e deixam as bitucas num cinzeiro comprido, prateado e pomposo, enquanto as pessoas passam pela calçada e nos olham com cara de nojo. Eu me ponho no lugar do meu amigo arquiteto, e damos de ombros. Esta plenitude veio daquela plenitude. Embora esta plenitude tenha vindo daquela plenitude, aquela plenitude se mantém eternamente plena. Digo isso e ele pergunta o que quer dizer. Seus olhos claros um pouco vermelhos, sua barba desleixada branca. É um mantra. Ele sopra a fumaça para o alto. Está rindo. Está anoitecendo. Vamos tomar um café na esquina, sempre vamos depois do cigarro. Ainda preciso aprender a fumar. As pessoas passam apressadas. Acabou. Do balcão, ele fica observando o movimento do fim do dia. De repente, volta os olhos para mim, uma velha ironia os acende, eles me iluminam. Mas, lá em cima, o que está escrevendo? Nada. É como a música do seu prédio orgânico.

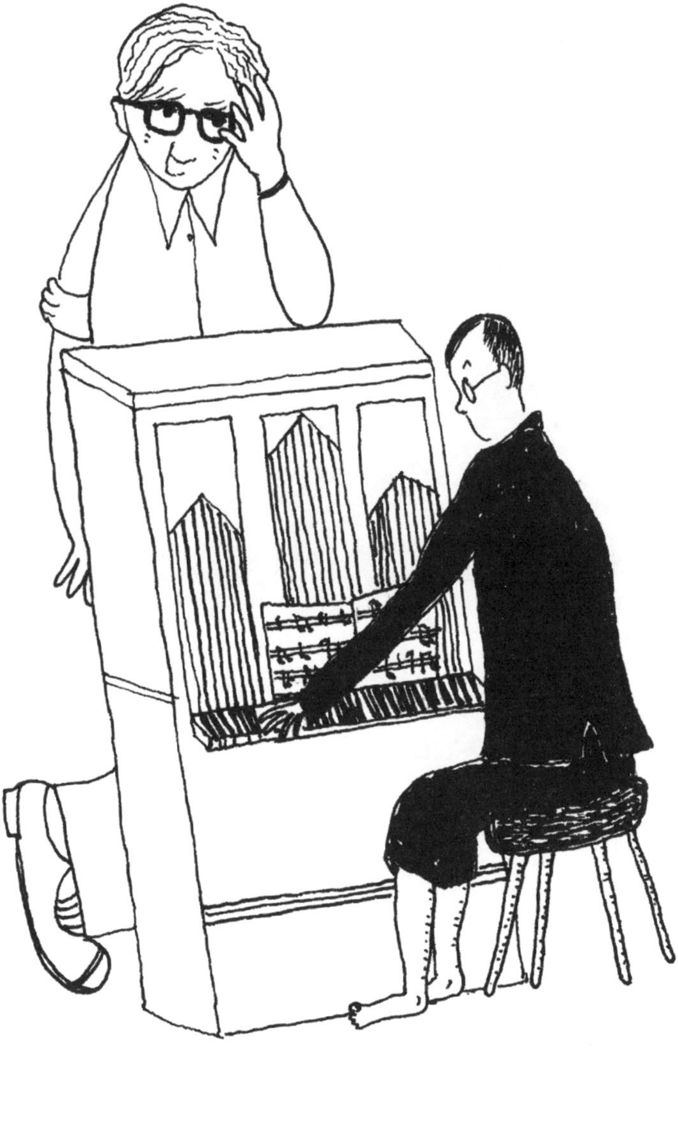

Levamos um mundo novo em nossos corações

No encarte de *Amigos em Portugal*, o disco do Durutti Column gravado em 1983, há os seguintes dizeres em português: "Música escrita e interpretada por Vini Reilly. Gravado e misturado nos estúdios Valentim de Carvalho de Paço-d'Arcos, por Tó Pinheiro da Silva e José Valverde. Retratos de Mark Warner e imagem de Miguel Esteves Cardoso. Obrigado, Miguel, Ricardo, Chico, Pedro, Tó e José."

Poucas pessoas no mundo ouviram *Amigos em Portugal* (foram lançadas apenas 4 mil cópias em vinil). Não muitas pessoas no mundo conhecem The Durutti Column, a banda de Manchester inventada em 1978 por Tony Wilson, o fundador do selo Factory, o mesmo do Joy Division e de outras bandas que nasceram depois do show histórico dos Sex Pistols na cidade, em 4 de junho de 1976. *The Return of the Durutti Column* foi o primeiro lançamento da Factory.

O Durutti Column tem dois membros permanentes: o guitarrista Vini Reilly e o baterista Bruce Mitchell. Vini sofria de anorexia nervosa e estava muito doente quando gravou *The Return of the Durutti Column*. Bruce foi baterista de jazz e costumava se apresentar de terno claro e gravata-borboleta. Tocava com vassourinhas, quase sempre de olhos fechados, e de vez em quando punha um cravo branco na lapela.

"Vini continua doente do seu jeito proustiano... Às vezes você tem que falar com ele antes das cinco, porque é o horário em que ele come." Quem disse isso foi Tony Wilson, que o protegeu até morrer, em 10 de agosto de 2007.

O primeiro disco do Durutti Column vinha dentro de uma capa de papel de lixa. A ideia era destruir os vizinhos de prateleira. Tanto a capa quanto o título – *The Return of the Durutti Column* – foram inspirados pela Internacional Situacionista, um agrupamento revolucionário de intelectuais de esquerda insatisfeitos com o marxismo ortodoxo. Foi fundada em 1957 e extinta em 1972.

A coluna em questão é a Coluna Durruti (não "Durutti"), de Buenaventura Durruti, o grande anarquista da Guerra Civil espanhola, morto de forma misteriosa no início do conflito. "Llevamos un mundo nuevo en nuestros corazones", dizia Durruti, mecânico de profissão.

Ao morrer, atingido talvez pelo disparo acidental do fuzil-metralhadora que carregava, um velho "Naranjero", Durruti deixou um binóculo, um par de alpargatas, duas pistolas e uma muda de roupas de baixo como herança. Nasceu em 14 de julho de 1896, em León, e morreu em Madri em 20 de novembro de 1936.

A música do primeiro disco do Durutti Column unia as guitarras sem distorção — afiadas, mas contemplativas e melancólicas — de Vini Reilly aos sintetizadores frios e baterias eletrônicas primitivas programados pelo produtor Martin Hannett.

Esses dois mundos definiriam a música do DC nos quase trinta discos gravados nas décadas seguintes. No entanto, Martin nunca mais trabalhou com Vini.

O segundo disco do Durutti Column se chamaria *LC*, uma citação do grupo ultraesquerdista italiano Lotta Continua. Como no caso anterior, a revolução de Vini Reilly eram as guitarras ("Uma pequena e misteriosa nuvem branca, constituída de cristais de gelo em suspensão no oxigênio úmido, atravessando devagar a terra desolada e barulhenta do punk na companhia de um velho baterista de jazz e de algumas quinquilharias eletrônicas", de acordo com a extravagante definição de um crítico da *Mojo*). Uma revolução de veludo. Paradoxalmente, Vini tinha sido guitarrista de uma banda punk. Agora, era melancolia em estado bruto.

LC foi gravado num porta-estúdio de quatro canais, depois da meia-noite, no quarto de Vini. A mãe dormia no aposento ao lado. Depois, Bruce adicionou as baterias e os ritmos eletrônicos, enquanto Vini colocava alguns vocais em parte do material. Em 48 horas, o "disco do quarto" estava pronto.

Amigos em Portugal é o quarto LP do grupo, gravado pelo selo Fundação Atlântica nos estúdios Valentim de Carvalho. O escritor Miguel Esteves Cardoso era um dos sócios da Fundação Atlântica. O nome de uma das músicas, "Sara e

Tristana", vem das filhas gêmeas de Miguel Esteves Cardoso, que tinham mais ou menos dois anos na época. Esteves Cardoso escreveu que Vini era uma "escultura fraturada de Giacometti".

O engenheiro de som Tó descreveu assim a gravação: "Vini Reilly, esse puto frágil que parecia a ponto de se quebrar, chegou ao estúdio perto das nove da noite. Saiu às duas da manhã com um álbum inteiro pronto. Ninguém acreditou no que viu. Ele emendava os temas um após o outro, músicas maravilhosas que pareciam ter saído do País das Coisas Perdidas."

O disco tem um lado de canções com títulos em português e outro de canções com títulos em inglês, dedicadas a Jaqueline, namorada de Vini na época. "Amigos em Portugal", "Menina ao pé duma piscina", "Lisboa", "Sara e Tristana", "Estoril à noite", "Vestido amarrotado" e "Saudade" são as canções com título em português.

Amigos e namoradas dão nomes às músicas de Vini. São pessoas que gostaríamos de conhecer: Pauline, Jaqueline, Katharine, Madeleine, Zinni (a filhinha de Bruce Mitchell), Frazier, Danny, Paul, Patty, Mimi (a professora de violão), Collette, os amigos belgas e os amigos em Portugal. "Otis" é Otis Redding, o cantor de soul, sampleado numa das canções mais famosas do Durutti Column.

Os olhos azuis de Vini Reilly poderiam ter feito dele um astro dos adolescentes, se fosse pela vontade de Tony Wilson.

"Aprendi artes marciais com três amigos das forças especiais de Israel. Eles me ensinaram coisas que são usadas apenas no exército. Eu tinha uma arma (uma pistola 8mm). Era perigoso."

Vini sofria de depressão desde os quinze anos. Para fazer os shows, era arrastado por Bruce. "Aqueles setenta minutos no palco consistiam do seguinte: Vini mudando a ordem das músicas que a gente havia ensaiado; brigando com a afinação dos instrumentos e com as máquinas; rindo da bagunça que estava causando; mas sempre tocando aquelas peças com guitarra e teclado que estavam muito além de qualquer coisa que eu já tivesse ouvido."

Um homem-criança de cabelos de Beatle. Um antigo arruaceiro de Manchester. Unhas pintadas de azul. Três tentativas de suicídio.

Em janeiro de 2013, um sobrinho de Vini Reilly apareceu na internet pedindo donativos para o tio. Vini precisava de dinheiro para alimentação, água e eletricidade.

Num mesmo dia foram arrecadadas 3 mil libras. A bondade de estranhos o comoveu. "Tirou o peso do mundo dos meus ombros." Ainda assim ele pediu que parassem de mandar dinheiro, pois já era suficiente.

Tinha sofrido três derrames. Comer sempre fora uma dificuldade. Nos tempos antigos, tomava Prozac e Stellazin, um tranquilizante pesado. Fez a terapia do grito primal, chorando e gritando durante horas. Agora, em decorrência dos derrames, havia perdido todos os dentes.

"Tem alguma coisa que eu possa trazer pra você?", pergunta o velho Bruce, que cuida dele até hoje.

"Sim, uma namorada."

O Durutti Column fez uma breve última aparição em 2014, tocando diante de um vitral, no que parecia ser uma igreja. Caiu bem, são anjos. Era uma noite de sábado. Vini não solou, mas seus acordes ainda pertenciam a outro mundo. Bruce usou um tapa-olho, e as vassourinhas.

Conversa no sol frio

Uma mulher que tem muito pouco pra se amar, triste, bem mais de quarenta anos, dentes pequenos e encavalados, sorriso amarelo, um rosa (de foto retocada) nas bochechas, movimentos parados, pura gravidade, baixa estatura, olhos que se assustam num trem fantasma sem trem fantasma, encolhida no cardigã em cujas mangas não se anima a enfiar os braços, conversando no sol frio assuntos tão desimportantes que parecem importantes, construindo uma ponte que não existe, uma transcendência inexistente.

Melhor não olhar para trás. Em que raio de lugar ela viveria, como seria seu apartamento apertado na Baixa se ela não sabe rir, pois o motivo sempre lhe escapa?

Olho, tento lembrar o que sucedeu antes de terminar desse jeito, mirando os telhados de Lisboa do alto do Castelo de São Jorge nas primeiras horas da manhã, no sol frio. Melhor entrar e tomar um café. O que queres? Um chá? Para ele, um café (para você, um chá desinteressante).

Pense nesta cidade engolida pelo maremoto no tempo do marquês de Pombal. Tenho sonhos recorrentes com uma onda gigante e ele nunca chega ao fim, porque acordo. Você não parece uma pessoa que tenha sonhos do tipo. Ah, meus sonhos são um desastre.

Ao sair do metrô não tem a menor graça. É uma mulher formal. Ao me deixar na livraria, não teve a menor vontade. Me indicou a *Fotobiografia de Cardoso Pires* quase que por acaso, levantando um dedo que se escondia entre os braços cruzados. Por que não veste a blusa, já que sempre está sentindo frio?

O que aconteceu foi o seguinte.

Daniel, o assessor de imprensa tímido e ausente, nos apresentou. Senti sua mão gelada. Reparaste que Daniel baixa os óculos para ouvir melhor? É um velhinho de vinte e poucos anos, como pode ser brasileiro? Senti sua mão gelada, e foi só isso. Você já foi à Brazileira do Chiado? Não? Então não vá.

Esse tipo de coisa. Senti sua mão gelada, e não passou disso. Depois você me deu um livro que eu tanto ansiava, só pelo título: *Uma abelha na chuva*. Até aí tudo bem.

Fomos de carro até o apartamento do escritor doente, na Alfama. Você me apresenta como o jornalista brasileiro, não diz meu nome.

Ele era completa desilusão, mais triste do que você. Já leste? Sim. Na verdade, não. O apartamento estava gelado, da janela ouvia-se um pio de coruja e crianças brincando lá embaixo com o que — vimos depois — era uma linda bola vermelha. Galhos nus balançavam sem gosto do lado de fora: era a nossa vista. A tarde não era feia nem bonita, estava mais para você.

Em algum momento do que veio a seguir esquecemos o carro e subimos no trem amarelo, o 28. Disse que era estreito, o autocarro. Então fiquei recitando as palavras que conhecia na sua língua: fato, fato-macaco, montra. Disso você quase riu.

Depois jantamos cedo, eu, você e o Daniel, num restaurante de esquina que era estreito como o bonde e cuja porta de vidro não permitia que se visse a rua. Comi uma sardinha, você nem notou. Você também não gosta de vinhos verdes. Daniel perguntou da banda Xutos & Pontapés. Ele gostar de rock era o que te assombrava, e muito. Você não gostar de fado também nos assombrava.

No dia seguinte, perto da Fundação Calouste Gulbenkian, você me ajudou a engolir o almoço com o professor vaidoso. Ele era um *scholar* gordo, todo branco de cabelo e barba, um anel apertado no mindinho, e nele um brasão. Também disse coisas que eu não entendia, você fez que sim. Encerramos a conversa na sobremesa.

Que nome, eu disse, o da fundação. Isso também te deixou boiando.

O tempo todo pensei que você fosse uma mulher com muito pouco para se amar. O que significa? Basta não beber nenhum vinho.

Depois fomos de carro até Cascais, um balneário sombrio. Lá, o historiador do Oriente abriu o portão e nos apresentou o fícus que ficava no pequeno jardim da entrada. Dentro da casa, uma memorabilia das Índias, de Goa, de Macau, uma língua incompreensível que deixei no gravador. Pensei em como os portugueses tinham perdido o bonde e agora eram tristes e formais como você, donos de um império encolhido, sem colônias e sem graça. Fico pensando por que gosto disso. Uma pergunta que fiz a mim mesmo, o tempo todo. Por que gosto de você? Estamos no ano 2000.

A conversa que tivemos no sol frio, naquelas primeiras horas da manhã, também não fazia sentido. Parecia que ia caminhando para um lado e desviava para o outro. Um monstro interessante estava escondido dentro de você, pronto para saltar de alegria ou voar sobre os telhados vistos do castelo. Percebes? Talvez, por este motivo, nos escondemos no café vazio. Estava frio. Você falou do maremoto que se seguiu ao terremoto que destruiu Lisboa. E aí, ele pode se repetir?

Naquela mesma tarde, a chuva andava de um lado da calçada, enquanto o sol seguia pelo outro. E nós dois íamos juntos pelo lado errado, debaixo do seu inútil guarda-chuva.

"Espero que leias." Você quis dizer os livros que trouxe numa sacola, da sua editora, e que também estavam escondidos por ali, nas montras de Lisboa.

Conto de Colônia

Aí de Colônia ele nos enviou a encomenda: o disco *Amigos em Portugal*, do Durutti Column (o que tem músicas chamadas "Menina ao pé duma piscina", "Sara e Tristana", "Estoril à noite" e "Vestido amarrotado"), com uma dedicatória na capa. Mal se lê, parece escrita com tinta invisível.

Contei que o vi por acaso num banheiro da cidade, em 1994?

Era o show de Patato Valdés, cubano baixinho, bigodudo e risonho, tocador de conga.

Eu o reconheci porque mancava e porque era muito parecido com você. Pensei: a vida não é estranha?

Não sei por quê, não falei com ele. Não se interrompe um homem que está no mictório, a não ser nos filmes de gângster, quando provavelmente será assassinado.

Ele lavou as mãos sem me ver e foi embora no seu passo claudicante. Permaneci dentro do espelho. Eu acabava de conhecer o seu pai verdadeiro!

Mas não nos conhecemos de fato.

Agora, tantos anos depois, conto a você o segredo, enquanto o oceano Atlântico dorme no meio.

Limbo habanero

Eles nunca vão comprar uma televisão. Isso é importante para o que vem a seguir. Ele e Tânia nunca vão comprar uma televisão, e isso fará toda a diferença. Daí que eles não tinham culpa de nada, porque não tinham televisão para acompanhar a longa agonia do Morto-vivo. Por isso não choraram a morte do Morto-vivo. Não acompanharam o cortejo fúnebre que se arrastou pelas ruas da cidade. Dois milhões de pessoas, e eles sozinhos. Não viram o caixão em que o morto coberto de flores tinha os braços estendidos ao longo do corpo para esconder os dedos arroxeados com sinais de necrose. Pois o homem já era um morto-vivo antes de morrer oficialmente.

Isso ninguém viu, mas eles também não sabiam de nada. Viviam a agradável sensação de estar apartados de tudo, sem conhecimento nem responsabilidade, mergulhados na analgésica indolência de uma banheira cheia de água morna, um de frente para o outro, pensando em nada a não ser nos olhos fechados da mulher tão jovem diante do homem dez anos mais velho, mas ainda jovem, o dedão do pé dentro dela.

Porque eles não tiveram nada a ver com aquilo. Estavam trancados em casa, não tinham televisão nem telefone, desceram apenas uma vez no fim de semana para Tânia ligar do orelhão. Do outro lado da linha, Athos ou Carmen, ou mesmo Che, contaram o que estava acontecendo, o que provocou uma perplexidade instantânea, mas esquecida rapidamente, assim que subiram de volta com a comida. Nem se tocaram do frio, se é que fazia frio naquele dia de outono em que talvez as estações estivessem enlouquecidas.

Tânia estava nua na banheira. Logo chegaria o verão, e não importava se as estações continuassem enlouquecidas. Eram duas pessoas de um país louco, em que a morte de um morto--vivo não teria mais o poder de despertar ninguém daquele conto de fadas negro para velhos desmemoriados.

Só se sabe que ouviam a *Pavana para uma infanta defunta*, de Maurice Ravel, o tempo todo sem parar, uma vez depois da outra, o mesmo gesto mecânico se repetindo: ele levanta, ele vai até a vitrola quando a agulha está prestes a entrar na faixa seguinte, ele volta para a música, e continuam em silêncio porque gostam dessa música triste que evoca por sua conta uma tristeza fúnebre em tudo diferente do cortejo de 2 milhões atravessando a cidade. É só uma menina, uma infanta, uma infanta da Espanha, as pernas de Tânia sobre o seu colo no sofá da sala, as pernas de pelos loiros que ele alisa devagar, sem chegar às coxas, porque das coxas ele iria naturalmente para onde já se sabia, não tinha jeito naqueles dias, e estavam cansados, apenas apartados de tudo, descansando longe do quarto, que continuava onde sempre esteve e era bom saber que continuava lá, ao alcance das mãos, a dois passos de distância.

Pavana para uma infanta defunta. Havana para um infante defunto. Era o título das memórias de Cabrera Infante. Tânia dizia que ele era um "gusano". Os cubanos diziam isso dos cubanos que fugiam de Cuba, e Tânia tinha morado em Cuba quando criança.

Cabrera Infante era um artista cheio de rancor e humor, enfeitiçado pelo perfume de chocolate dos *puros* que fumava. Morreu sem voltar para casa, vivendo das lembranças enfumaçadas. Nessa época, ainda estava bem vivo.

Cuba vivia no coração de Tânia, e dentro desse coração, uma quente Havana. O Malecón, os rabos de peixe remendados nas cores do arco-íris, o *son* e os sons da Habana Vieja, os sorvetes da Coppelia, o lenço vermelho de pioneira, a casa caindo aos pedaços, os *guaguas*, que é como se chamam os ônibus em Havana, o sotaque e também a inocência de Tânia, como os cubanos que nunca tinham visto um par de jeans ou que choravam no exterior diante de um mendigo agonizando na rua, pois não havia mendigos em Havana.

Havana para uma infanta defunta: Tânia Miller Ybarra. Ela era a pessoa de mais ou menos vinte anos num apartamento velho — dois quartos, um deles transformado em escritório e biblioteca, uma estranha banheira desbotada, uma cama de ferro enferrujada, um mapa de umidade na parede da sala — na companhia de um cara bem mais velho do que ela. Longe estão o cheiro do mar e o perfume de chocalate dos *puros*, os sorvetes, aquele sorvete que ela foi tomar quando devia estar na escola e levou uma bronca de um passante, por estar uniformizada. Fidel aparecendo de surpresa num jipe, em certa hora da madrugada, e conversando com uma roda de pessoas numa praça. *El Caimán Barbudo*. Esta menina de Havana, esta Havana, nada disso existe mais, ela disse, apenas aqui dentro, e enfiou o indicador dentro dos cabelos meio ruivos. Os cabelos de que ele gostava muito, gostava de levar com o dedo para trás da orelha quando a tinha em seus braços e acabara de apertá-la contra si.

Ele e Tânia, uma coisa meio hippie. Ele, à beira dos trinta anos. Ela, à beira dos vinte. E nunca vão comprar uma televisão. Estão no quarto. Ele está em cima dela, gozando. Ela já gozou. Depois ficam calados um do lado do outro, ou rindo de repente, por qualquer besteira, por exemplo uma história que ele inventa sobre as sombras cambiantes do teto. Uma história que não sabe como concluir, e ela não diz nada. Diz que está com sede, apenas, e vai buscar um copo d'água. Ele sente que está muito bem assim, não precisa de nada. Nem um gato, nem um filho, nem um cachorro, nem o corpo de bombeiros que fica na descida da Consolação, no caminho que faziam quando ele a levava pra casa, de ônibus, nem um copo d'água.

Ela é cadeiruda. Tem personalidade. Seu corpo é branco. Ela é baixa, seus braços são torneados (ele nunca soube descrever os braços bonitos de uma mulher, queria ter a mesma sensação tátil da máquina que torneara esses braços; ele se ligava em braços, coxas, pernas, coisas de velho a que ninguém mais se ligava).

Enquanto isso o Morto-vivo agonizava. Então eles foram ao cinema. E Tânia adormeceu no cinema. Ela perdeu o filme, e depois pediu que ele contasse como foi, assim que saíram ao ar livre. Entrar no cinema de dia e sair surpreendido pela noite: gostavam disso. Andavam de mãos dadas. Ele contou o filme inteiro. Com ela, ele gostava de falar. Ele se entusiasmava com as histórias.

Agora ele não lembrava mais daquele filme. Dormiram sem sexo, afundados na cama. No dia seguinte, o Morto-vivo morreu, e eles não tinham ideia disso, nenhuma notícia. Só quando ela desceu e ligou para os pais, do orelhão, alguém contou a ela. Mas não teve nenhum efeito sobre eles. Nessa hora devem ter ido para a banheira, ou jantaram à luz de uma vela roubada de uma cantina e depois foram para a banheira, mas é difícil relembrar a ordem dos acontecimentos. A mãe dele dizia para nunca tomar banho depois de comer. Certas coisas comandam nossos atos pela vida inteira. O certo é que eles passaram a tarde no apartamento, cada um lendo seu livro. Ainda não tinha saído no Brasil *O curto verão da anarquia*, porque se tivesse saído seria o livro dele. Tânia lia as memórias de Pablo Neruda. Ela era filha de comunistas. E logo depois eles adquiriram o hábito de dizer um para o outro: Confesso que Vivi, Confesso que Bebi, Confesso que Aprendi, Confesso que Parti, e assim por diante. Mas é estranho que nunca tenham dito Confesso que Fodi: entre eles não havia palavrões. Por que será? Era uma atitude casta. Mas, de repente, lá estavam eles na cama outra vez. E quando tudo se acalmava ouviam a *Pavana para uma infanta defunta* até o disco furar.

Ele era revisor da *Veja*. Por isso, na tarde de quarta-feira, que era quando o trabalho recomeçava e seguia até o sábado, ele pode ter ouvido as conversas sobre o grande cortejo. Não se falava de outra coisa. Havia um ar de luto naquela redação engarrafada pela luz de mercúrio. Mas um velho revisor, andando de um lado para outro do corredor acarpetado, dizia que o morto era só uma pequena raposa sem galinheiro que a própria ditadura tinha elegido. Que o Congresso da ditadura estava cheio de raposas velhas do mesmo tipo, e que aquilo era a maldição das eleições indiretas tramadas por aquele monte de raposas e mortos-vivos. Nem pátria nem patrão era o seu lema, e ele ficava indo e vindo pelo corredor como se estivesse encurralado numa jaula da ditadura. Fingia ler um livro. Ou lia, de fato. Era um revisor eterno, recusava-se a ser outra coisa.

Muita gente tentava enxergar o que acontecia no aparelho de televisão ligado no fundo do corredor. Ele só olhava de passagem para a TV lá no alto, com alguma curiosidade. Nunca ia comprar uma televisão. À certa altura da noite, todos ali viravam sonâmbulos. O editor barbudo que passava pensativo, soltando fumaça. O diretor de redação que reinava contando umas piadas chocantes sobre negros. Pois nem ele conseguiu brincar com a morte do Morto-vivo. Apenas o revisor eterno murmurava no corredor, tentando manter-se em pé, morrendo de sono. Tinha um livro aberto à sua frente, em papel-bíblia. Lia *A menina morta* nas horas mortas da revisão. Dizia que era um livro sobre nada. Melhor um livro sobre nada do que um morto-vivo. Fora isso, as horas demoravam a passar diante dos textos que corriam devagar na tela de luz de fósforo verde.

Um dos revisores era um japonês do PCdoB. Seu nome era Ossamu. Um dia ele colocou sua moto à venda. O namorado de Tânia quis comprá-la. Ossamu olhou para ele e disse, como se falasse para uma criança: Pra você eu não vendo. Com ela você vai se matar na Marginal.

Às vezes era de manhã quando ele chegava em casa, enjoado de tanto tomar café. E assim afundava na cama, tombando o braço sobre Tânia, sem perceber, de manhã, o momento em que ela se desprendia e deixava a cama. Ela dizia que ele era uma coruja, ele a chamava de Ferrugem ou *Infanta del Malecón*.

Talvez não fossem tão hippies assim. Havia só algo solto, relaxado, quando eles estavam juntos. E ao mesmo tempo uma proximidade imantada, uma gravidade própria de planetas. Sem essa de flores no cabelo, de pés descalços no parque, mas se houvesse um parque, tudo bem. Um dia, por exemplo, foram de bicicleta até o Ibirapuera. Pareciam duas crianças. Crianças que morrem vão para o limbo.

Ele contou que remou com o pai num bote dentro daquele lago. O maço de cigarros do pai aparece no bolso da camisa, numa fotografia, e seu bigodinho fino. Ele contou que pretendeu ser astrônomo assim que saiu do planetário na primeira vez em que esteve lá. Que alimentou os patos e os cisnes. Que deitou na grama e ficou estudando o rastro de um jato no céu. Seu pai devia estar por perto, mas não se lembra dele. Foi um momento de grande solidão, trancado por dentro e feliz. Tinha dez anos. Gostava de repetir a sensação de estar longe de tudo. Às vezes desligava, e Tânia procurava o botão que o religasse.

Aos dez anos Tânia estava em Cuba, flanando pelas ruas num dia de calor tórrido em que deveria estar na escola. Usava o uniforme de pioneiro, o lenço vermelho no pescoço. Estava com uma amiga, Pilar. Pilar tinha tranças e cor de chocolate. Elas iam comprar o sorvete na Coppelia, e por isso entraram na fila. Era uma coisa engraçada a fila, serpenteando pela rua, e elas riam de felicidade. Tinham dinheiro, um dinheirinho. Mas o homem apareceu e as tirou da fila, deu uma grande bronca nelas. Tânia e Pilar aguentaram firme.

Não choraram nem voltaram para a escola. Subiram num *guagua* e foram para a casa de Pilar. Coincidiu com o horário de saída da escola. A casa de Pilar ficava nos fundos de um prédio velho. Para chegar nela, atravessaram escadas de mármore com musgo crescendo entre os degraus e colunas rosadas cheias de rachaduras. A mãe de Pilar lhes serviu café. Foi a primeira vez que Tânia tomou café na vida. Teve dificuldades para dormir à noite. Levantou-se e ficou parada na janela, pensando nas coisas que tinham acontecido naquele dia. Fazia calor, Havana era tão quente. Não conseguia guardar rancor do homem que as expulsara do paraíso. Ela disse que as mulheres sabiam perdoar. Amanhã tudo vai dar certo. É o que eu sempre digo, ela disse, e já pensava assim no tempo da Coppelia. Sempre foi otimista. Mas não dizia muitas coisas, e o ar contemplativo que tomava conta dela às vezes, de criança pensativa, o deixava inquieto, como quando se tem medo de perder aquilo que está acontecendo naquele exato instante, que dura tão pouco e que chamam de felicidade.

A Condessa do Harlem

Levei um susto. Acordei com a voz dizendo meu nome no ouvido. A autoridade da voz cortou o barulho incessante do aspirador de pó que uma mulher minúscula passava no lobby do hotel. Eu estava adormecido numa cadeira Luís XV, e sonhava.

Ele nem esperou que eu levantasse por inteiro. Rompeu a porta giratória e reencontrou a Times Square num estrondo. Eu conhecia bem a figura.

A ideia era resgatar um compadre que àquela altura estaria dormindo no Harlem. Era dia e o compadre ainda dormia, como eu, na minha primeira vez na cidade, ainda atordoado com meu cicerone.

A figura usava uma blusa marrom de gola alta, uma calça cinzenta e brilhante atravessada por um vinco exato. Seu penteado era quase um black power, e por isso um cara no metrô perguntou se ele era o Shaft, o velho tira do cinema, estendendo-lhe a mão e apresentando-se como a pessoa que fazia a voz de Darth Vader. Era um velho negro gaiato.

"Claro", disse Shaft. Dava para dizer que ele sorria. Faltava-lhe um dente lateral.

Dentro do trem A, a caminho do Harlem, Shaft gostava de se sentir apenas mais um. Pouco antes, noutra estação, ele me guiava pelos labirintos. Eu tentava prestar atenção nos mosaicos espalhados pelos azulejos. Eram figuras em tamanho natural, usando chapéus de festa, de corneta na mão, vibrando pela passagem de um ano qualquer. Tinham sido sacadas da multidão e transformadas em mosaicos coloridos, no exato momento em que festejavam.

Depois de conhecer uma das pessoas que fomos visitar, achei que ela poderia muito bem ficar grudada naquela parede. Possuíam a mesma alegria festiva, ela e as figuras. E até Nova York se abria para ela.

Eu tinha acabado de chegar. Ele era o fotógrafo conhecido da famosa revista, do longo corredor acarpetado que as lâmpadas de mercúrio saturavam na madrugada. Era bom de conversa, articulado. O editor cocainômano, sempre metido numa cabine dos banheiros, ficava escutando, numa proximidade respeitosa. Às vezes tentava entrar no clube de Shaft.

Saindo para fazer matérias juntos, verde do jeito que eu era, Shaft resolveu ser o meu mentor. Ele me gozava. Eu só percebia depois de um tempo. Agora ele morava em Nova York, e não tinha emprego fixo. Foi ele quem me achou no hotel. Disse que ia me levar para um passeio.

O apartamento ficava num prédio baixo e maltratado. O Harlem já não era o Harlem dos antepassados, estava pacificado. Mas nesse lugar o corredor cheirava mal, não tinha campainha. Ele bateu na porta com o nó de um dedo, três toques distraídos, com toda a educação. Bateu outra vez.

A pessoa que atendeu estava de pijama, e bocejava, um pouco descabelada, de óculos na mão. Ao colocá-los na cara, gritou Firmino!, e o abraçou.

Ele me apresentou à Condessa. A Condessa me cumprimentou, sorridente. Vivia num mafuá lotado de instrumentos musicais, roupas berrantes e outras quinquilharias. Fez um leve movimento de cabeça na direção de uma porta, e foi por ela que Shaft entrou para reencontrar o compadre, que ela chamava de Nego.

Era músico, o Nego.

Ao ouvir o nome, pensei na inscrição da bandeira da Paraíba, que tanto me intrigava na escola. "NEGO", de negar, para mim era Nego, como o amigo do meu amigo. Assim, devo ter deixado escapar um sorriso, que a Condessa apanhou em flagrante. Ela riu de volta, parada no meio da sala, ainda envergando seu pijama de bolinhas coloridas de op art. Muito branca e gordinha.

O fato é que não vi o Nego. Ele e o meu amigo ficaram trancados no quarto, conversando.

A Condessa saiu para fazer um café. Fiquei parado na porta da cozinha; a lata de café solúvel era a única coisa que parecia nova ali. A Condessa usava chinelos de pompom.

"O café americano é uma droga", ela disse.

Eu gostava do café americano. Gostava da sua fraqueza, das grandes xícaras, dos copos de papel intermináveis, do café para viagem, o café que os detetives tomavam nas tocaias do cinema. Ela fez que sim. "Hum hum." E serviu o café bem fraco.

"Também gosto de cubos de açúcar", eu disse.

"Você é uma criança", ela disse.

Então Shaft saiu do quarto bastante mal-humorado e tirou o café da minha mão. Tomou um gole e foi cuspir o líquido na pia, olhando para mim com um esgar.

"Olha", ele disse a ela. "O Nego quer que a gente leve você pra passear."

"Como assim?"

"Ele acha que você vai criar mofo aqui dentro."

"Ele não tá bem."

"Ele só tá um pouco deprimido."

Ele não vai sair desse quarto nunca."

"Talvez se você trouxer uma notícia boa de fora, quem sabe ele não sai?"

"Que notícia boa pode tirar ele lá de dentro?"

"Sei lá, que a América tá vivendo sem ele. Faz quanto tempo que vocês chegaram?"

"Ah, uns meses."

"Pois é! E ele não saiu mais do quarto, certo?"

"Certo. Era pura alegria quando saímos do Brasil. Assim que botou os pés aqui ficou branco, achou que estava em Marte."

"Branco, eu duvido."

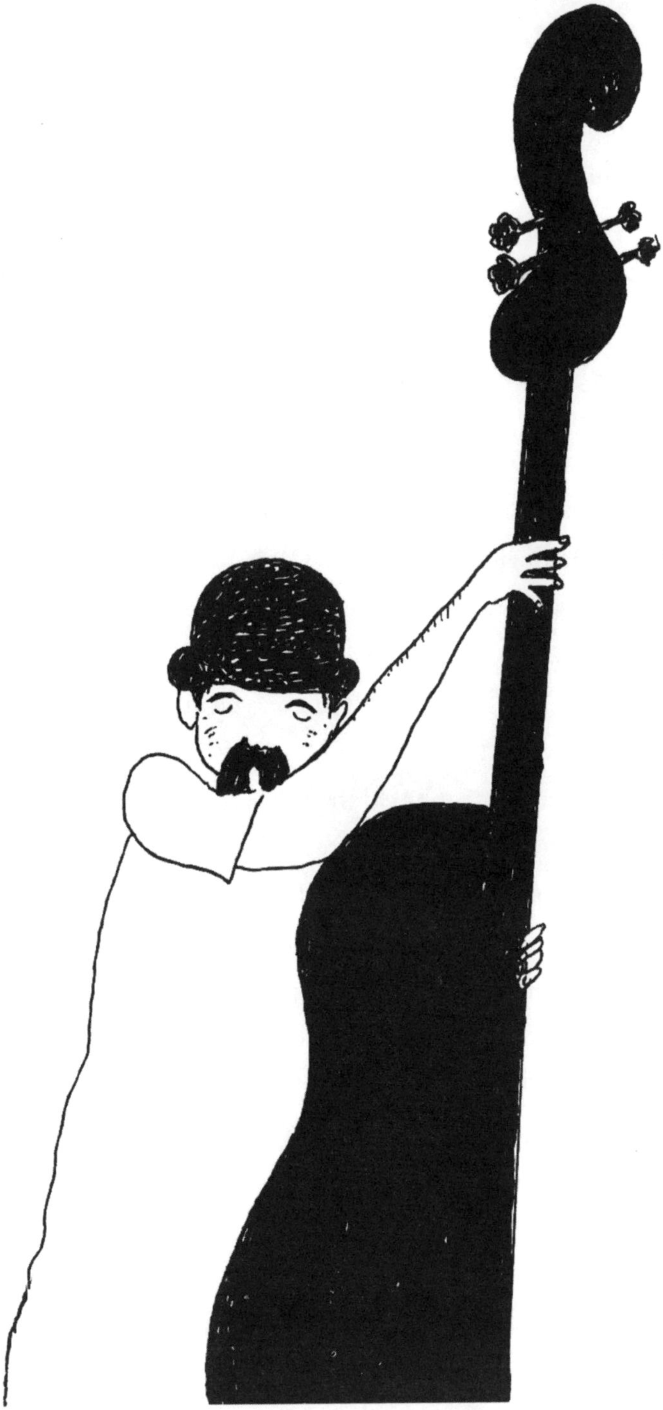

Ela riu. O resultado da conversa é que a Condessa foi trocar de roupa.

"Aquilo que você estava tomando não era café", ele me disse. Foi vasculhar a cozinha, antes estudou com desânimo o ambiente abarrotado de coisas. Uma máquina de escrever verde-água, jogada num canto. Éramos todos do tempo da máquina de escrever, menos a Condessa. Ele deu um suspiro.

Na rua, sem pestanejar, a Condessa devorou um cachorro-quente. Ela insistiu, bem na saída do metrô. Estava bonita de vestido florido.

Por trás dos óculos de míope, dois olhos verdes captavam a imensidão dos arranha-céus que pareciam crescer à luz do dia. "Nova York é uma cidade em pé", eu disse. Estava citando o Céline.

Saímos atrás de uma cafeteria e achamos uma com um retrato de Allen Ginsberg na parede. Ele parecia alegre, poderia estar no mosaico de ano-novo da Times Square, com aquela cartola de Tio Sam e aquela barba. O aldeão de Nova York.

Na sequência, a Condessa comprou um livro e uma camiseta de rock. O livro era para o Nego, que não falava uma palavra de inglês.

"Hora de aprender", Shaft disse. O inglês de Shaft não dava trégua para os nova-iorquinos, que não o entendiam. Ele se fazia entender mesmo assim.

"Nego vai aprender vendo televisão", ela disse. "É tudo que ele faz desde que chegamos."

Em seguida, outro metrô. Descemos, entramos no Central Park, fomos andando sem rumo pelas aleias; ela notou quão castanhos eram os pombos e os esquilos. Falamos sobre isso, e colocamos os pombos e os esquilos na mesma categoria das ratazanas, o que foi muito assustador, menos para a Condessa. Ela gostava de tudo quanto era bicho desse mundo.

Depois, outro café. Eu tomei o meu num grande copo de papel, enquanto eles conversavam não sei bem sobre o quê, sobre a vida, imagino. Shaft bastante eloquente.

A Condessa, de braços de fora, tão brancos e frescos, combinava em tudo com as coisas que aconteciam. As coisas eram atraídas para ela, para suas unhas vermelhas muito bem pintadas, sinal de tempo livre, porque duvido que ela pagasse um manicure.

Um homem comprido, parecendo doente a ponto de se quebrar, animou-se e lhe fez uma saudação. Usava um velho terno escuro e tênis fosforescentes.

"Amei os seus tênis", ela disse, em inglês. Parecia fluente.

"É para pisar macio nesse mundo, lady", o homem respondeu. Nova York estava muito falante naquele dia. O homem ameaçou descalçar os tênis para ela. A Condessa pediu que não fizesse isso. Pediu de um jeito que não dava para dizer não. No fim da tarde, eu já achava que ela era a mulher mais bonita da cidade, principalmente ao tirar os óculos para enxergar melhor, como fazia. O mesmo para ouvir melhor.

Shaft também não resistiu. Falava sem parar. "A gente devia ir para Coney Island", ele disse, com sua voz de veludo.

"Vamos", ela disse.

Em vez disso entramos numa loja de discos. Ela comprou um LP de jazz, com um velho sorridente na capa, para dar ao marido. Estava gastando os tubos na cidade, se bem que na ponta do lápis não era nada. Tinha o direito de ter esse luxo, pensei, um direito adquirido depois de meses sem ar e sem sol.

Ao anoitecer, garanti que o asfalto cintilava em virtude do excesso de feldspato na composição. Ela achou muito interessante.

Antes de jantar, Shaft descobriu que ali perto, em um clube no subsolo, o velho músico da capa do disco ia dar um show. "Sincronicidade", ela disse. Pensou em ligar para o Nego, ainda que eles não tivessem telefone. Shaft comprou os ingressos.

E aí, naquela noite gloriosa, entramos no clube apertado e esperamos o artista.

Um velhinho de boné (do mesmo tipo que os trabalhadores usaram nas alturas, almoçando sobre uma viga do Rockfeller Center e posando para a famosa fotografia) subiu no pequeno palco, onde os músicos já se espremiam. Uma risada picante acendia o rosto negro dele, ainda mais escuro nas bochechas.

Ele tocou o contrabaixo com tanta facilidade que parecia uma brincadeira de dedos compridos.

Tomando uma cerveja mexicana com um pedaço de limão dentro da garrafa, depois de um café americano, ela já era mais que uma condessa. Pousei minha mão no seu joelho redondo e brilhante, dividindo minha alegria e meu fôlego, suspensos no ar. Shaft fez o mesmo. Éramos os últimos homens da Terra a dar bola para os joelhos de uma mulher.

Como a Condessa não se cansava de aplaudir, o velho passou a tocar todos os standards do jazz só para ela.

A Condessa segurou nossas mãos.

No final, fomos pedir um autógrafo para o Nego.

"N-e-g-o", soletramos. O homenzinho sorridente se curvou sobre o disco e tascou um garrancho tateante, sem tirar os olhos da Condessa.

Entrando no táxi, comovida, ela nos deixou sozinhos na cidade, bêbados de amor. Foi embora para aquele buraco do novo Harlem, levando sacolas pardas com tudo o que tinha comprado. E era muito pouco tudo aquilo. Duvidei, porém, que tivesse sobrado algum dinheiro para pagar a corrida, dentro daquela sua pobre bolsa de condessa falida.

Imagino por que o motorista topou levá-la até lá, para tão longe, de graça, se bobeasse. Por um impulso irresistível.

Linda demais para acabar bem

Em vidas passadas fui pintor aprendiz, marinheiro que não sabia nadar e filho de operário. Sempre nas camadas mais baixas da pirâmide, com uma tendência à contemplação e ao otimismo de pés firmemente plantados nas nuvens. Na maioria das vezes invisível, ceguei o olho direito com a tinta que respingava do teto da capela que eu pintava. Mas não há nenhum Michelangelo nisso, só o tímido assistente de Mazzarello. Foi assim, com apenas um olho vivo, que vi a vida a partir dos dezessete anos: pela metade. Casei, enviuvei duas vezes, tive dois filhos, morri no auge da velhice, levado a passear dentro de um carrinho de mão pelo menino mais jovem, que já era um homem. Chorei diante da última paisagem que vi, feita de ciprestes, montanhas azuis e uma gruta onde um anjo de asas negras teria aparecido. Nunca pintarei isso, pensei, e morri.

Mazzarello, como está escrito em *Vidas dos artistas*, de Giorgio Vasari, "morreu jovem, acumulou o fel de uma existência bruta num espaço de trinta anos, tempo no qual sua crueldade, por graça divina, se extinguiu". Mazzarello me espancava diariamente com uma vara, talvez pelo meu olho morto, por ter de enxergá-lo todo dia. Mas para ele eu sempre voltava, empurrado pela ambição do meu pai. Eu era uma criança.

Mazzarello também batia num outro assistente menor do que eu, em momentos de fúria, quando compreendia as limitações do próprio talento. Por exemplo, na hora de pintar as asas de certo anjo que jamais conseguiu sair de uma gruta escura. Eram asas entre o azul e o negro, mas que azul? Ele sempre patinava nesse azul.

O marinheiro que não sabia nadar se afogou num porto americano em julho de 1896, depois de cair do cargueiro em que estava trabalhando desde outubro do ano anterior. Era o *Louisiana*, de bandeira turca (ele se encantou com a meia-lua em fundo vermelho na primeira vez que ela foi içada). Muitos marinheiros não sabiam nadar. O pai de John Lennon, marinheiro de Liverpool, não sabia.

Ninguém a bordo do *Louisiana* deu muita atenção ao barulho do corpo batendo na água. Havia muita coisa por fazer. O incidente ganhou apenas umas poucas linhas no relatório do capitão: "O marujo tal foi atingido pelo movimento de uma das velas no mesmo instante em que a âncora era baixada ao mar, o que fez com que ninguém percebesse a queda ou desse pela sua falta. Tinha 42 anos. Era natural de Edimburgo, Escócia. Pouco se sabia sobre ele. Os companheiros o chamavam de O Velho. E outras vezes de Vermelho, por ser ruivo. Ele sabia tocar um instrumento." Eu sabia tocar um instrumento, mas qual? Um ukulelê? Um pandeiro cheio de fitas? Um piccolo?

Em muitos sonhos, de meu sepulcro no fundo do oceano, avisto o olho vítreo de uma baleia a me observar de passagem. Então fecho os olhos e durmo em minha bolha de oxigênio líquido. Se não fosse isso, não sobreviveria dentro do sonho.

O filho do operário estava em Turim quando encontrou no bolso o grão de arroz que restara do casamento de um amigo tão pobre quanto ele. Isso trouxe à tona a lembrança desse amigo, Pino, tão feliz sem razão quanto ele, mas agora desaparecido em outra cidade. A última notícia que teve é que não estava mais casado, e que sua cara tinha, enfim, ficado amarrada. Com o grão de arroz entre os dedos, o filho do operário saiu de casa perfumado, vestindo o terno da noite (o outro era claro, e pertencia ao dia), a caminho da casa de uma mulher linda que morava com a mãe num apartamento da via Merulana.

Tomou o bonde vazio num sábado do início da primavera de 1949, e a cidade estava tomada por sementes de paina que dançavam no ar. Ficou apatetado com a visão dessa leveza, e esqueceu que a mulher linda não estava interessada nele, quando muito o usava como álibi, e tudo bem, ele estava morto de amor mesmo assim, mas não dizia nada, ninguém sabia, porque era um caso estranho de luta de classes, e a mãe o recebeu no vestíbulo sem muito entusiasmo, embora tivesse colhido uma pluma de paina que pairava em seu ombro, e ele considerou isso um gesto afetuoso apesar da cara que ela fez ao levá-lo para uma poltrona da qual podia ver o retrato de um homem circunspecto pendurado na parede, um homem cuja tez era amarelada, mas o bigode de uma finura nobre, e o cabelo, dividido ao meio a partir de um bico de viúva. Era o marido da viúva, o antigo proprietário de uma fábrica de tecidos, e como a luta de classes estava em curso na história desse rapaz risonho e pobre que levaria a mulher linda ao cinema no papel de álibi, a conversa enveredou para os tecidos que o pai dele fabricava num tear que poderia ter pertencido ao homem amarelo, ainda que fosse em outra cidade menor do que aquela. O meu pai operário cheio de graxa permanente trabalhando numa máquina tão barulhenta que parece um trem penetrando na fuligem de um túnel.

A mulher linda surgiu e eles foram para o cinema a pé, sem as painas, que tinham desaparecido pois já era noite, e a noite ainda era uma criança quando ele a deixou na porta de casa, depois de vê-la partir com um desconhecido e retornar no espaço de duas horas, enquanto ele via o filme sozinho. Então já era tarde, e no caminho de volta ele havia falado sem parar sobre a escola noturna, sobre trabalhar num escritório, sobre datilografia, sobre as ideias estranhas que saltavam do papel enquanto ele datilografava (talvez fossem meus primeiros poemas), sobre ganhar a vida (e perdê-la em seguida), sobre vadiar pelas colinas da cidade, entre as flores da montanha, os dentes-de-leão, o perfume de lavanda e a preguiça do crepúsculo na companhia dela, mas ela era linda demais para acabar bem, e subiu para o apartamento da mãe sã e salva, e só pagou a companhia com um leve aperto de mão, a mão que ele tentou beijar e escapuliu.

Pois nem assim me abati, e continuei assobiando entre os arcos da galeria escura que se desprendia da Piazza Cavour. Era muito musical. Acabei debruçado na murada sobre o Pó, de onde, na pior das hipóteses, poderia observar as águas cintilantes do rio. E era de graça. Algumas mulheres lavavam roupa com as saias levantadas até as coxas, muito brancas, banhadas pela lua. Ouvi suas vozes confabulando, misturadas ao murmúrio do rio, e eram uma coisa só, as vozes, o rio. Todos riam. Tudo era música.

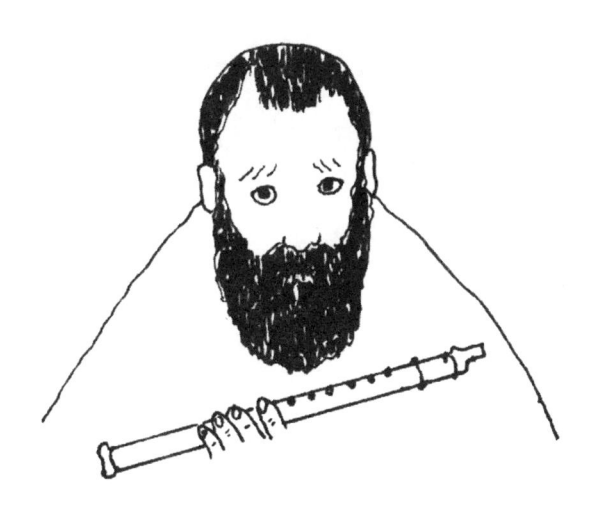

Casanova em Milão

Beliscando suavemente o lóbulo da orelha esquerda, ele chegou à Estação Central de Milão numa tarde de primavera. Fazia frio, ele usava uma capa de chuva azul, um número maior do que ele, comprada em Madri. O trem estava atrasado, mas ele não era esperado por ninguém. Havia uma grande bagunça no ar por causa de um show de David Bowie na cidade. Os amigos que fizera no trem vinham para este show, mas desceriam na estação seguinte. O trem estava tão lotado que eles tiveram que empurrá-lo para fora, forçando a passagem com a sua mala. Primeiro saiu a mala, depois, ele. Os amigos se despediram amontoados no trem. Eram dois garotos espanhóis e um decorador de Turim, mais velho, que tentava falar francês com ele. Todo mundo se entendia sem entender nada. Ele vinha de Barcelona. Antes de chegar a Gênova, um genovês feio e melancólico contava para ele suas agruras, enquanto observava um grupo de ingleses fazendo algazarra num canto do vagão. Ele também se entendia com os ingleses, e o genovês permaneceu à margem da conversa, sussurrando seu monólogo de frustrações que ele não entendia direito. Tinha o hábito de bufar. Já ele imitava muito bem os parisienses, que também bufam, e o fez para um dos ingleses ver, a inglesinha no trem Barcelona-Milão que era a única inglesa bonita num raio de quilômetros, com toda certeza.

A inglesinha era pequena e viva, de bochechas rosadas, e distribuía cotoveladas nos amigos mochileiros que a apertavam no banco e diziam besteiras. Ela olhava para ele com seus olhos azul-cobalto. A tática dele era, a despeito de sua aparente ausência de qualidades, focar a visão na presa para hipnotizá-la, feito uma grande coruja. No caso, ela é que parecia uma pequena coruja-branca. Seus cabelos eram quase brancos, descoloridos. Tinha uma franja. Usava uma camiseta preta com decote em V, expondo a linha em que seus peitos se encontravam, para onde convergiam sem remédio os olhos do rapaz. Eles ficaram se olhando até todo mundo dormir em volta. Para ele, era como se a hipnotizasse. E ela foi piscando seus grandes olhos até dormir no ombro de um dos ogros. Tudo ficou em silêncio, apenas o trem balançava, adormecendo todo mundo.

Quando ele acordou, não havia mais ninguém ali: o genovês, os ingleses, todos haviam desaparecido. O vagão foi se enchendo cada vez mais de roqueiros que iam ao show de Bowie. E quanto mais Milão se aproximava, mais ele tagarelava sobre seu país, enquanto os outros falavam do show e das coisas que faziam em casa, coisas das quais ele não entendia quase nada. E assim foi empurrado para fora na Estação Central, e deixou com eles algum dinheiro inútil do Brasil, para que lembrassem dele, e eles acenaram de dentro do trem. Foi como ficou sozinho beliscando suavemente o lóbulo da orelha esquerda, enquanto pensava no que fazer, no porquê de estar em Milão, seguindo às cegas o roteiro que um amigo jornalista havia passado a ele, com uma rota de cidades europeias que não devia deixar de visitar de jeito nenhum, e a Itália era um desses lugares sem os quais não se poderia viver sem, começando pelo norte.

Ele seguia os passos desse amigo em várias cidades, e no caso de Milão deveria encontrar uma certa Locanda Giovanna, que por acaso ficava perto do Duomo, o agulheiro branco que apontava para o céu. Mostrou o papelzinho para uma velha senhora, e ela disse onde ficava o endereço, o que não queria dizer que fosse encontrá-lo logo em seguida, visto que não era um bicho geográfico, e sim um perdido. Depois de algumas voltas no frio, numa rua que tinha um nome parecido com Maruvalle, Marivalli, Via Marivalli CA, ele encontrou a Locanda Giovanna, e era a própria Giovanna quem estava no balcão de entrada, meio misteriosa, tentando entender o que ele dizia, e levando-o afinal para um quarto apertado no fim do corredor, não sem antes querer saber como é que ele não falava italiano tendo um sobrenome italiano e uma cara italiana daquelas, o nariz (e desenhou o perfil no ar) e o gestual (e juntou os dedos no ar como a dizer "Como assim?"), ela que tinha o cabelo pintado de preto e o nariz de pássaro, e ele não chegando a nenhuma conclusão sobre se a considerava de fato atraente. Entrou no quarto, fechou a porta e deitou na cama. Influenciado pelas imponentes e desproporcionais cortinas de veludo escuro, pensou que era mesmo tudo caro, que não tinha condições de ficar muito tempo hospedado ali. Depois dormiu vestido do jeito que estava.

No dia seguinte, tomou um café estudando Giovanna e saiu na direção do Duomo. Tirou uma foto da catedral com sua câmera barata, amarela, que parecia submarina. Em seguida entrou na Galleria Vittorio Emanuele. Dois carabinieri gigantes, com seus chapéus de Napoleão, patrulhavam a área, impassíveis. Atravessou o corso e seguiu em frente, saiu do outro lado. As mulheres eram feias, de jubas leoninas. Na comparação, Giovanna ficava bonita. Os homens eram como príncipes de capa de chuva, o cabelo exato, brilhante. Quando deixavam ver o que ia no interior da capa, era em geral um terno de cor obscura e uma gravata berrante. Passavam empertigados. Os bondes eram estreitos, cartazes de um show de Tom Verlaine para dali a alguns dias (23 de abril de 1990) estavam em toda parte. O calçamento era de um granito gasto, as ruas, apertadas. Fazia frio. Havia uma mulher opulenta e nua, vestindo apenas meias pretas até as coxas, num quadro na vitrine de uma galeria. Ele foi o único que se deteve para ver. Comeu um sanduíche na hora do almoço. O movimento era maior. Rumou para o parque atrás do Castello Sforzesco. Carregava uma ereção que despertara diante da imagem da mulher do quadro, grande e branca, virada um pouco de lado, apoiada numa mesinha escura. Mal se via seu rosto, escondido na penumbra. Mas seu corpo nu tinha aquela alvura fantasmagórica. Ele carregou a ereção até o parque (e não era a primeira vez naquela viagem, diante de uma obra de arte; talvez fosse o prazer dito estético; o desregramento dos sentidos; a solidão de todos os sentidos). No Parco Sempione, próximo à ponte das sereiazinhas, uma mulher beijava seu amante. Uma árvore balançava as folhas sobre eles, farfalhava como se chamasse a atenção sobre o fato, mas ninguém ligava. Suas línguas conversavam, o cavalo de um carabineiro apareceu ao longe, fazendo uma mesura de cavalinho de circo. O policial todo de preto cavalgava usando luvas brancas. O parque estava muito limpo, o céu, azul e gelado. A mulher agarrava a bunda do amante em meio a um abraço ardente.

Ele fez o caminho de volta e subiu a escadaria do Duomo. No interior da catedral, sentou-se para descansar. Gostava das catedrais que encontrava em toda parte, porque nelas descansava. Um homem beijava uma mulher atrás de uma coluna. Ele julgou que fosse um pecado imenso, mas para os amantes parecia não haver mais nada ao redor, nem os santos mártires nem as velas compridas nem os poucos fiéis ajoelhados, esperando ao lado do confessionário. Não havia nem mesmo o céu acima das suas cabeças.

Depois ele comprou um cartão-postal para a mulher comprometida que estava namorando à distância. Escreveu que havia um oceano entre eles, naquele momento. Escreveu sobre o beijo que deram no meio da rua, entre os carros passando, as buzinas. Um beijo público. Ele sabia que se tratava de um roubo, ela era a mulher de um grande amigo. Sabia que ao chegar pelo correio o cartão poderia ser lido por qualquer um, mas não estava nem aí.

Ninguém sabia que à noite, antes de dormir, ele cultivava o hábito de pensar na mulher mais desinteressante que conhecia, feia, casada, triste, mirrada, dois filhos pequenos, uma vizinha que passeava com o cachorro vestindo o primeiro agasalho que encontrasse em casa, sonolenta, enquanto o marido levava os filhos para a escola. Ela não era nada, mas era nela que ele pensava antes de dormir, nos ruídos que a mulherzinha faria deitada na cama dele, a cama de um rapaz que agora estava em Milão, na Locanda Giovanna, a vida inteira pela frente. Era o seu talismã. Era o pássaro mecânico em que costumava dar corda para pegar no sono.

Lembra-se vagamente de ter se masturbado à noite: foi quando tirou a roupa de baixo e se cobriu. Pensou ter ouvido passos no corredor, um arrastar de chinelos, e pensou ter visto uma luz que se apagara debaixo da porta, mas estava muito sonado para ver e ouvir. Masturbou-se porque no sonho que tivera com ela, Giovanna entrava em seu quarto e se metia debaixo das suas cobertas. Usava uma camisola de algodão até os pés, os cabelos pretos estavam soltos. Ele metia a mão debaixo de suas roupas e ela metia a mão debaixo das roupas dele. E assim ele começou a gemer justo quando Giovanna atravessava o corredor segurando uma vela.

A luz havia acabado em Milão. Nunca acontecia. Nos Navigli, ao redor do Duomo, no corso Vittorio Emanuele, em Brera, no Palatrussardi, onde acontecia o show de Bowie, as trevas dominaram a cidade por instantes, o tempo de Giovanna passar pelo corredor levando a sua luz arrastada, ouvir o jovem casanova gemer dentro do quarto, encostar o ouvido na porta e levar o indicador aos lábios com uma paixão inesperada por aqueles sons, enquanto a vela se apagava.

No dia seguinte, de acordo com o itinerário traçado pelo amigo, ele partiria de trem para outra cidade.

Os discos do crepúsculo

Ali eu era o convalescente. Acordei na casa vazia. A garrafa térmica estava quase vazia. Tomei um restinho de café, ainda quente, o sol entrava tranquilo pela janela da sala. Não havia cortinas. Era o sol do crepúsculo. Lembrei que o selo belga se chamava Les Disques du Crépuscule, e que fora fundado por Annik Honoré, a namorada de Ian Curtis. "Love Will Tear Us Apart" foi feita para ela. Tínhamos a mesma idade, pertencíamos à mesma geração. Ela morreu em 2014.

Se tivesse uma mulher chamada Annik, pensei, se fosse parecida com ela, se fosse dos subterrâneos dos anos 80, uma garota dos anos 80, se falasse flamengo, se pertencesse a outro mundo, as coisas teriam sido diferentes? Depois comecei a buscar na memória outras mulheres com outros nomes e línguas e outras aparências que me levaram a gostar delas porque eram do jeito que eram. Na vigília antes do sono elas costumavam me visitar.

A rua estava tão deserta, tão calma e silenciosa que eu poderia ficar nu diante da janela que nada aconteceria. Na verdade, estava vestido com a mesma roupa dos outros dias. E das noites também.

Mais tarde troquei de roupa e saí andando pelas redondezas. As árvores da noite me assombravam. Também durante o dia eu não saberia dizer o que eram. Baobás, castanheiras, carvalhos. Não que elas existissem por ali.

Notei que estava descalço, e voltei para calçar os sapatos velhos. Agora a casa estava às escuras. Um conto de duas solidões, a casa emprestada e eu.

Ela, a casa, deixou que eu entrasse outra vez e ficou me observando. Foi o que senti. Queria que fosse embora logo, pois não me pertencia. Mas o cara que a emprestara tinha sido muito fino. Iria à casa dele para agradecer. Ele me esperava para jantar com a família.

A história era simples assim: ele tinha uma empresa de informática no tempo da grande bolha da internet, e o instinto (uma dor persistente na altura da nuca ou um senso extraordinário de perigo) o levou a vender tudo antes de a bolha estourar.

Ficou rico. Passou a simular uma ocupação. Ia diariamente ao escritório, um prédio feito de aço e vidro. Andava num carro antigo, um Porsche vermelho e preto que tinha mais de vinte anos de vida. As pessoas paravam para perguntar de onde surgira. Era muito fotografado. Ele dizia que tirara o carro de uma bolha, e que tinha muitas outras velhas maravilhas mecânicas num depósito secreto em algum lugar parecido com o deserto do Arizona. Todos filhos da bolha. Então o sinal abria, e ele desaparecia. Ficava lá em cima olhando as luzes da cidade, cheio de ideias. O dinheiro só fazia crescer. Às vezes lembrava de um amigo e ligava para ele. Foi quando apareci e sentei na poltrona à sua frente. No couro macio, que abraça você com um ruído afetuoso, afundei.

Quando afundei de verdade, e não tinha para onde ir, ele me ofereceu a casa vazia. Chegou lá com uma garrafa térmica na mão. Uma vez eu inventei que só estava vivo por causa do oxigênio, do café e das orações (as orações da minha mãe). Ele entendeu perfeitamente, ofereceu a casa vazia cheia de oxigênio e trouxe a garrafa térmica. E colocou minha mãe do outro lado da linha.

Se Annik estivesse viva ele a procuraria por mim, já que não tem mais nada para fazer. Ele a colocaria do outro lado da linha. E se ofereceria para comprar Les Disques du Crépuscule. Annik não venderia de jeito nenhum.

Nas memórias de Deborah Curtis, Annik aparece como A Outra. Não pôde ir ao funeral de Ian. A viúva não deixou. No site da gravadora está escrito que gostava de ajudar os outros, e que morreu depois de uma curta batalha contra um câncer. Está escrito: "Adieu, Annik. Sua estrela brilhará para sempre em nosso crepúsculo."

A casa em que ele mora tem ciprestes compridos na entrada. O conjunto lembra a paisagem distante de um quadro renascentista. Ele mesmo atende à porta e me leva para dentro, onde tudo é muito grande, tão grande que, mesmo cheio, parece vazio.

Na parede, um quadro enorme em que flores e cogumelos coloridos conversam como desenhos animados. Um lustre carregado de velas acesas falsamente derretidas pende do céu. O teto é da cor de um céu noturno.

Ele coleciona armas antigas. Vou conhecê-las, antes que a mulher apareça. Cecília tem medo de armas, e a sala é trancada com uma senha de cofre suíço. Ali um bacamarte, aqui, uma Luger nazista, lá em cima, uma Winchester que pertenceu a Clint Eastwood.

Depois, altas portas de vidro se abrem e damos numa piscina cercada de árvores sem nome. Ele me pergunta por que nunca aprendi a nadar direito, e eu explico que não gosto de água. Na última vez em que estivemos no mar com as crianças e fizemos a besteira de ficar na parte da frente da lancha, conhecemos de perto o terror das ondas negras. Mas que importância tem? Um dia você pode morrer afogado, ele diz. A não ser que nade no mar Morto. E um dia você pode não conseguir salvar uma de suas crianças.

Ele tem várias questões na cabeça antes do jantar. Serve um aperitivo que ele mesmo não bebe. Pergunta se faço exercícios. Se aprendi alguma coisa no meu último trabalho. Se as crianças vão bem. Se minha mulher vai bem, e esta eu não soube responder. Você teve muitas mulheres, ele diz, o que equivale a dizer que tive mulheres demais, ainda que não tivesse Annik.

Mais tarde, na cozinha, onde o jantar foi servido por Cecília (a cozinha por si já era um palácio, mas ela exigiu com ternura que a chamasse de Ciça), ele apoiou os cotovelos na bancada, enquanto parecia examinar uma bolha irisada que saía de uma das narinas do bebê (e talvez por isso mesmo estivesse rindo), e me perguntou se conhecia "A canção do pracinha", que João Gilberto costumava cantar para os amigos ao telefone, sem saber quem era o autor ou mesmo o nome certo da música. "Aprendeu com a Aracy de Almeida", ele disse. Era sobre um pracinha da FEB que voltava para o Carnaval da Vitória e ninguém no morro o conhecia mais.

Não, não conhecia, mas gostaria de ter ouvido. João Gilberto deve ter passado horas na orelha dos amigos. Eu poderia dormir tranquilo ouvindo aquilo, dentro daquela casa desabitada, apenas com a minha garrafa térmica, o oxigênio e as orações da minha mãe guardadas num escapulário que talvez levasse no pescoço, para dar sorte e para me proteger. Deitado no carpete da sala, alguém fala sem parar no telefone. E canta. É o João Gilberto.

Mais tarde, na sala de visitas, ele fumou um *puro*, um Romeo y Julieta, acho. Insistiu para que eu fumasse também. A bolha irisada havia estourado no nariz do bebê por volta de oito da noite. Agora, já era tarde. Ciça cuidara da louça.

Eu também poderia ter me apaixonado por ela. Pensei que uma noite, quem sabe num sonho, ela talvez aparecesse na casa vazia trazendo uma garrafa térmica cheia de café quente e jovem como ela.

Mas agora ela estava ouvindo a história da música desconhecida de que nenhum de nós tinha ouvido falar. "João Gilberto não tira o pijama nunca mais", ele disse, "fumou maconha a vida inteira, não tira mais o pijama e teve alguns casamentos desfeitos igual a você." E acabou-se.

Ciça presta atenção em tudo, inclusive na felicidade perdida que exala das minhas narinas quando expiro, de braços cruzados, ouvindo a pergunta que ele havia guardado para fazer em meio à fumaça azul, uma pergunta para o convalescente que, além de tudo, não tem um puto (Você fugiria comigo mesmo assim?, pergunto a Ciça. Ou melhor, murmuro para as suas costas, que pegam o caminho de volta para a cozinha). "Se eu te pagar, você procura pra mim?" Ele quis dizer a "Canção do pracinha". Um documento perdido, uma gravação, um disco. E logo meu cérebro cansado se põe a maquinar pela sobrevivência ou pela força do hábito, vai inventando atalhos possíveis, todas as enciclopédias antigas de música brasileira, o telefone de um amigo jornalista do Rio com quem não falo há muito tempo, as orações da minha mãe e o poder que uma casa vazia tem de nos fazer pensar em coisas intangíveis. Os discos do crepúsculo.

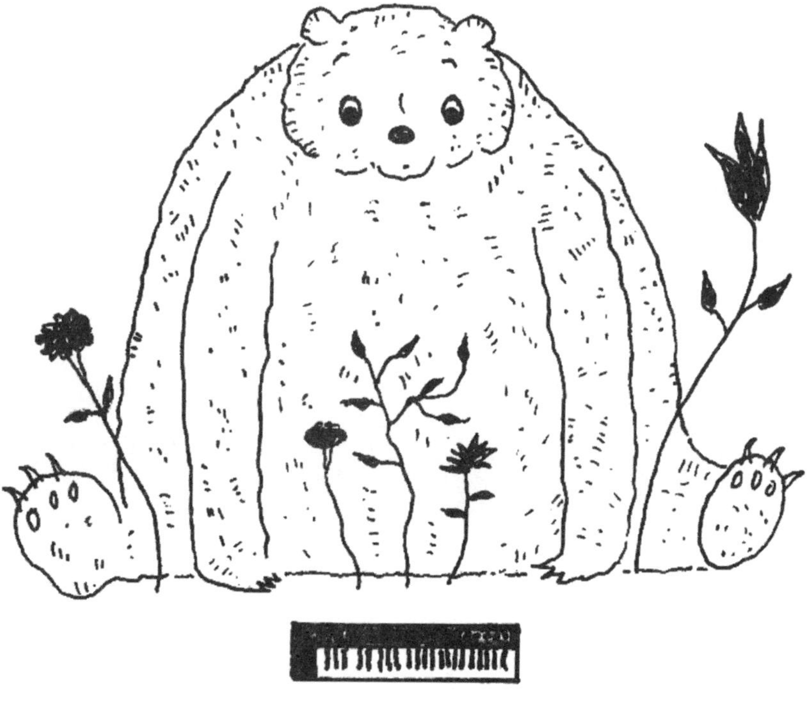

A hora do jazz

Meu amigo e Keiko se mudaram para a Inglaterra no começo dos anos 90. Em Londres, eles se mudariam de novo, e de novo, e outra vez, estacionando afinal no sul da cidade. Ele planta maconha em casa para consumo próprio. Tem fumado em quase todos os dias de sua vida. Fuma no jardim, espantando a fumaça para o alto, assiste televisão para ver os velhos filmes e toca guitarra na garagem, usando o polegar, bem macio, do jeito que Wes Montgomery fazia para não aborrecer a mulher.

Ele me escreveu: "Esta é a hora do jazz."

"Matisse, no fim da vida, também teve a sua hora do jazz", respondi na minha carta. Ele se referia à velhice na perspectiva do rock'n'roll. "Todo roqueiro velho bandeia para o jazz, já reparou?"

Meu amigo trabalha no serviço brasileiro da BBC, e eu, ele, Keiko e todo mundo sabemos que vai se aposentar por ali mesmo. Então voltará para casa e ficará passeando dentro dela, como gosta de fazer, suspirando pela falta de Edu e Maya, os filhos que terão partido para cuidar da própria vida.

Ele e Keiko assistem TV juntos e gostam dos mesmos filmes noir.

Ele já tentou escrever um romance de suspense sobre o Rio dos anos 50. Desistiu, voltou à guitarra, nunca a abandonou, ela fica na garagem junto com os cacarecos antigos dos filhos (uma prancha de skate lascada e um baixo elétrico sem cordas, um animal de pelúcia de um olho só, um jogo da memória, uma caixinha de música a manivela com "Moon River", uma boneca preta sem cabelo, uma montanha de Lego etc).

Meu amigo suspira; compõe uma música. O que tem feito é repassar as próprias músicas e fumar a própria maconha, às vezes dentro da garagem.

Keiko aparece. Ela encosta a porta atrás de si e se deixa levar pela fumaça, que não faz efeito.

"Isso que você planta é um placebo."

Amanhã, no frio, ele irá pedalando até o parque, porque é sábado. Dizem que um velho campeão de xadrez russo anda jogando por lá, e ele tem afeição pelos russos desde que foi trotskista. Mas Trótski ficou para trás, com seus coelhos e sua revolução permanente.

Ele também ama um certo banco de madeira num parque em Peckham. Nesse parque, William Blake teve a visão de uma árvore repleta de anjos cintilantes. Meu amigo senta ali e fica observando os esquilos, que para ele são só ratazanas de estola. Nada de anjos.

Keiko acorda tarde no sábado. Ela se espreguiça e procura pelo marido, apalpando o vazio da cama. Vestindo um roupão cor de tabaco, velho e encardido, desce e prepara o café, aparecendo em seguida na porta da garagem, com duas xícaras. Lá dentro jaz a guitarra abandonada em cima do amplificador e toda a memorabilia de Edu e Maya. Edu e Maya pequeninos, numa foto, no colo do marido. Keiko suspira.

Nesse ínterim, meu amigo terá voltado do parque sem ter visto nenhum jogador de xadrez russo. Traz o jornal.

"Por onde o senhor andava?"

Ele rosna baixinho. Não consegue mais ler sem os óculos. Os óculos estão no bolso do roupão de Keiko. Ele se aproxima e enfia a mão lá dentro, aproveitando para apalpar outras partes. Ela o empurra com as xícaras. Milagre, o café não derrama. Ele apanha o seu, põe os óculos e volta ao jornal. Já lê feito um velhinho, os óculos na ponta do nariz. Keiko sente uma grande ternura por isso, que disfarça com um suspiro de enfado.

"Vou acordar os meninos", ela diz.

"Humhum", ele responde, e sorve o café fazendo um grande barulho, próximo da alegria. Está descabelado e barbudo, e assim, à primeira vista, vestindo uma calça de ginástica marrom e mal-ajambrada e uma camiseta de listras verdes, é praticamente uma árvore fazendo sombra sobre um jornal.

Antes os filhos chegavam e trepavam na árvore, sem cerimônia. Hoje estão mais velhos e já não vão direto à garagem logo depois de acordar. Eles têm mais o que fazer.

Ali, nas manhãs de sábado ao longo do tempo, meu amigo gravou uma fita cassete num estúdio portátil de quatro canais. Depois a enviou a vários selos independentes do mundo, esperando que o contratassem — a ele e sua banda-

-de-um-homem-só. Nessa fita, Keiko tinha feito alguns vocais de fundo.

"Keiko, cujo talento eu irremediavelmente reprimo, talvez por insegurança, não sei", ele me escreveu. Isso faz vinte anos. A carta veio com a fita e uma foto em preto e branco do casal, imerso num campo de flores. Ele segura uma guitarra e ela, um dente-de-leão. Nas costas, meu amigo escreveu: "Pela Glória do Samba, outubro de 1992." A felicidade estava no ar, em torno deles (De onde é que saiu essa paisagem? Como foi que tudo aconteceu? Quem fotografou a cena? Ninguém se lembra).

"O mais difícil foi fazer as letras", ele escreveu na mesma carta. "Que dor de cabeça. Em inglês, as coisas mais esdrúxulas soam bem. 'She's so fine' é bem melhor do que 'Ela é tão legal', não é?."

A fita tinha músicas bonitas. Uma que fala de Keiko nos tempos de garçonete, um samba leve, com bateria eletrônica e uns ecos assombrados. Ele sentia falta de Keiko porque ela estava fora, trabalhando no turno da noite.

Outros sambas têm uma tristeza enorme. A canção feita para Little Jimmy Scott, o cantor de voz de criança que eu não conhecia e fui ouvir graças à fita, tem algumas partes em francês ("O francês de um tupinambá", meu amigo diz). É lenta e densa, alegre e triste, meio samba, meio outra coisa qualquer que não sabemos bem o que é.

Ele me contou a história mais ou menos assim: "Little Jimmy Scott tinha uma doença hormonal que o mantinha aprisionado na infância. Fez muito sucesso cantando com voz de criança nos anos 50. Mas desapareceu. Quando o produtor Doc Pomus, muito querido de todos os músicos, morreu, Little Jimmy surgiu no funeral e cantou a capela, causando grande comoção. Foi assim que os olhos e ouvidos do mundo se voltaram para o Little Jimmy Scott. E graças a Lou Reed, que também estava lá, Little Jimmy Scott voltou a gravar."

"Já estou vendo na capa da *Melody Maker:* 'Tom Jobim encontra Joy Division'", ele escreveu sobre a fita.

Em transe, dormia e acordava com as músicas, ia para a garagem e mexia nas gravações. Tocava guitarra, cantava, programava os ritmos eletrônicos, Keiko entrava e fazia o coro, as crianças apareciam e ficavam só assistindo. "Fora! Isso aqui não é o *Saltimbancos*", ele rosnava.

E junto da fita principal enviada na carta – um grande envelope pardo – vinha uma outra fita com os Byrds, de finalidade educativa. Ele sempre gravava alguma coisa com instruções para mim. Sobre ouvir os Byrds: "É como se uma pessoa de trinta anos acabasse de descobrir os Beatles." Passei muito tempo com as duas fitas. Levava o meu walkman aonde quer que fosse. Depois ele quebrou, depois esses aparelhos e muitas outras coisas já não existiam mais.

Quando saiu o seu disco solo, quase dez anos depois, eu o ouvi com a mesma emoção que tive ao abrir pela primeira vez o pacote pardo com as fitas. Os nossos discos foram todos independentes. Do sucesso, inclusive.

Quando eu e ele éramos uma dupla acontecia o mesmo tipo de coisa, o mesmo esquema de gravação, as mesmas letras malucas, que, no caso, eu é que escrevia. E quando ia para o sobrado onde ele morava no Sumarezinho e gravávamos alguma canção no mesmo estúdio portátil que ele levou para a Inglaterra, e até um guarda-noturno podia entrar nela por acaso, pensávamos no sucesso como inevitável.

Meu amigo trabalhava numa rádio onde produzia e apresentava um programa de jazz nas tardes de sábado, indo só até quando Miles Davis eletrificara as coisas, ou seja, o final dos anos 60. Sem negociação, pois detestava tudo o que veio depois, as fusões todas. Embora gostasse de rock, meu amigo era um monstro do vinil, pronto para tratar de qualquer coisa que já tivesse sido gravada em disco.

O programa se chamava *A hora do jazz*, e foi tirado do ar porque provavelmente só duas pessoas o escutavam.

Durou alguns meses, mas a sua vinheta viveria para sempre: "Es-ta é a ho-ra do jazzzzzzzzz." Por associação, era assim que a nossa dupla se anunciava no palco. "Esta é a hora do jazz", eu dizia com minha melhor voz de veludo, escandindo as sílabas. E saíamos tocando.

No fim de semana antes de viajar para o Brasil, meu amigo dormiu mal. É sempre assim.

Dessa vez vinha sozinho, para o casamento da irmã.

Londres, 2001. Meu amigo vai para a rua segurando o violão. De terno e gravata, os dois, ele e eu. Sigo logo atrás na calçada, diante da parede que deve ter pertencido a um depósito, onde os tijolos vitorianos valem cem libras cada um, segundo ele me contou. "Aqui não se atira tijolos em ninguém."

The Beatle

    Vamos fazer as fotos de divulgação do disco que gravamos ali, na sua sala de visitas. Fotografia é uma coisa muito séria nesse negócio: primeiro nasce o nome da banda, depois se faz a foto e por último as músicas.

    Muitas fotos de cara feia. Ele ainda padece sob os efeitos do remédio para a hepatite C contraída no Brasil. O sol bate direto na sua testa grande, e queima. Keiko nos fotografa. É assim tão doméstico quanto gravar em casa.

    Depois, no jardim dos fundos, no quintal onde bem poderia aparecer uma lebre com uma xícara na mão, perto do buraco nos arbustos onde daria para entrar e desaparecer, Keiko tira mais fotografias.

A ideia é parecer o João Gilberto. Não é uma espécie de disco de MPB? É isso que gravamos na sala de visitas: uma espécie de disco de MPB.

Numa das canções, meu amigo roubou as cordas de uma gravação de Elizeth Cardoso. Outra tem um pandeiro, que ele mesmo tocou. Outra tem corais múltiplos d' Os Cariocas — quer dizer, ele multiplicando sua imitação d'Os Cariocas. E assim por diante.

Na canção das cordas roubadas de Elizeth, ele fez uma voz de castrato. Um estranho castrato. Mas normalmente ele é o cara que ruge. Parece um hooligan.

Certa vez saímos para comprar comida tailandesa e ele disse que M. tinha câncer na boca. Foi um choque profundo. Disse que o odor do câncer ficava impregnado no quarto.

M. já estava fazendo quimioterapia no hospital da Unicamp. Sofria o diabo. Isso e outras poucas coisas, embora importantes, eram o que tinha sobrado do nosso tempo de rock.

M. era um tipo de Keith Richards com a mesma guitarra Fender Stratocaster branca. Alto, magro, cabeça grande e redonda, olhos azuis assustados, cabelos desgrenhados, mais para criança do que para adulto. Aprendendo inglês com os Beatles e os Rolling Stones.

Agora, acabou a sessão de fotos. Os dois homens vestidos de João Gilberto entram na cozinha. Ele vai com o violão no ombro. E eu sou o italiano amarrado em bossa nova que segue logo atrás dele — sempre haverá alguém assim, inclusive um japonês ou um alemão, na cola do João Gilberto. Pelas ruas ensolaradas do Rio de Janeiro.

Lembro que houve no Rio um lugar onde o sol não brilhava, na rua Barata Ribeiro, em Copacabana. Um dos donos era o Ronald Biggs, ladrão e boa-vida.

Eu e meu amigo tocamos lá no carnaval de 1987.

Foi a primeira vez que fui ao Rio. A primeira vez a bordo de um avião, o Electra de fuselagem prateada. Nossa primeira e única turnê mundial.

Lembro de um espelho enorme com moldura rococó; do chapeleiro, que morava numa quitinete de Copacabana com os pais; de um drinque chamado "Natal nas Minas de Carvão".

Lá o negócio era sério. M., que estava conosco, foi barrado na entrada porque usava uma bermuda, parecendo assim um autêntico carioca. Voltou para o hotel, vestiu o preto básico e passou pelo leão de chácara como se fosse o que era de verdade, um homem sempre de preto.

Havia umas trinta pessoas lá dentro. Era um show de bolso muito íntimo, entre desconhecidos.

Tocamos os sambinhas meio góticos, começando assim: "Es-ta é a ho-ra do jazzzz." Meu amigo na guitarra e na bateria eletrônica Drumatix, vestindo uma camisa havaiana. Eu lendo minhas letras numa caderneta de capa preta e imitando uma cuíca e um trompete. Não enxergava nada e a gente não tocava nada também. Era parte do encanto.

Dizem que o próprio Biggs passou por ali, mas foi embora rapidinho.

Portanto, estive no Rio num carnaval sem carnaval. Aprendi que os cariocas fogem da cidade nessa época do ano.

Os trinta que sobraram – gatos-pingados vestidos de preto – dançavam o pogo na pista. O pogo dos solitários, a valsa dos punks do Rio de Janeiro.

Fazia calor lá fora. Mas o sol não brilhava no Crepúsculo de Cubatão.

No voo noturno de Londres para São Paulo, sem dormir, meu amigo pensava na caixinha de música tocando "Moon River" guardada na garagem. Voltou para lá em espírito, sentou-se no chão e ficou adiantando e recuando o andamento da canção na manivela. As lágrimas escorreram, mas como estava acordado no meio dos passageiros adormecidos, deixou que as lembranças do filho Edu chegassem com tudo e se acomodassem ao seu lado (no colo de uma mulher inglesa que roncava baixinho, e a quem ele ajudara a colocar a bagagem de mão no compartimento).

Edu passou um bom tempo "fornicando como um coelho" com a namorada boazinha, que não saía da casa deles. Então eram Edu e ela, até o dia em que Edu e ela saíram de casa e foram cuidar da própria vida. E agora eram só ele, Keiko e Maya, a depositária de todo o afeto dos pais.

A caixinha de música interessara ao menino Edu muito mais pelo mecanismo diminuto do que pelo som de "Moon River". Mas meu amigo notou que era só girar a manivela no quarto de Edu para ele começar a dormir, e assim ele se acostumou a dormir com a música tocando no criado-mudo, perto do ouvido. "Moon River" era o sono do menino Edu, que agora era um homem a fornicar pelos cantos, antes de encarar a dureza da vida, que não tem "Moon River" na trilha.

Ainda é um rapaz que vive de bicos, enquanto a namorada trabalha numa livraria de Peckham ("Onde fica o parque do Blake"), mas amanhã o que será? Dá para o gasto, mas eles andam vivendo mais para os lados do pai dela, que mora ali perto.

Edu cismou de tocar contrabaixo durante um tempo. Montou uma banda na escola, e os meninos ensaiavam na garagem do meu amigo. Ele já pensava em ficar rico por causa dessa nova banda que pretendia empresariar, mas havia uma delas a cada esquina, e Edu se desinteressou da música. Antes disso, eles embarcaram numa onda de ska. Era a maconha dos jardins do meu amigo fazendo algum efeito.

Uma noite, na garagem, meu amigo pisou na caixinha de música, entortando a manivela. O pior foi descobrir que ela andava por ali, a caixinha de sono do menino Edu. Não existia mais nenhum menino nem sono no quarto que Maya agora ocupava. Na hora de dormir, Maya preferia uma historinha em português. Keiko contava.

A história da princesa orgulhosa que rejeitava todos os pretendentes oferecidos pelo pai, dando-lhes apelidos grotescos, como Rei Bico de Tordo. Keiko sempre forçada a explicar o que era um tordo, de tal forma que a explicação ocupava a maior parte da história, e no final uma enciclopédia era chamada, e lá estava a imagem do tordo.

Mesmo com tantas interrupções a menina cresceu, e estava agora naquele ponto em que poderia tombar para o lado de algum aventureiro cabeludo que um dia aparecesse na porta da garagem e se apresentasse ao velho rei roqueiro, a postos com sua barba e sua ferocidade.

Maya, quando era bem pequena, levou o pai para a escola fantasiado de urso. Na cabeça dele, tinha a ver com *Peter Pan*. Era uma festinha em que quase todas as crianças se fantasiaram de garotos perdidos e os pais, de pirata. Maya explodia de felicidade em sua roupa de Wendy. Meu amigo já desceu do carro caracterizado, bateu tranquilamente a porta do veículo e entrou brincando com as chaves, tilintim.

Foi o assunto de pais e filhos. Parecia assustador no começo, mas "Repara que há veludo nos ursos", escreveu o Drummond. No final, Maya dormiu no colo do pai, seus olhos quase orientais ainda mais selados. Estava afundada num velho e confortável veludo animal.

Em 2001, na minha despedida de Londres, a família preparou uma festa no jardim, e nesse jardim um anão de pedra montado num cogumelo vermelho e branco tomava conta de tudo. A ideia era fazer um chá do Chapeleiro Maluco, e assim foi feito, com as xícaras todas diferentes umas das outras em tamanho, formato e cor, meu amigo agarrado à sua caneca de estimação e ao cachorro da família naquela época, um filhote peludo que destruiu os arranjos e trouxe o caos.

Aprisionado dentro da garagem, o cão tanto fez que acabou saindo e se comportando bem, que era o que a gente esperava dele, menos as crianças. Edu e Maya jogavam bilboquê (não me lembro como apareceram esses brinquedos, mas eles se divertiam muito) e a música das caixas colocadas do lado de fora da janela era a mesma que se ouvia no nosso tempo de rock, sem exceção, porque afinal se tratava de uma despedida.

E foi sorvendo chá de não sei qual Companhia das Índias, bom para não sei o quê no organismo, que eu me despedi de Londres.

À noite eles me levaram para passear às margens do Tâmisa, e eu fotografei a fachada do Globe Theatre. Ele fez a sua imitação de Hamlet do ponto de vista de Mel Gibson e acabamos enquadrados numa foto diante do rio (essa foto está comigo, bem como outras em que apareço de fone de ouvido na sala de visitas onde gravamos o disco, enquanto Maya soprava bolhas de sabão no ar).

Lembro que falamos sobre tudo num pub, durante aquela semana, e honestamente não saíamos de casa, como se eu morasse ali também, o sétimo membro, depois do cachorro peludo e do anãozinho do jardim, pelos quais todos tinham imenso carinho.

Lembro dos fins de tarde, e dos filmes noir que ele não se cansava de ver, e da hepatite C cujos remédios o faziam subir as escadas carregando o grande peso da luz do dia, remédios que o derrubavam na cama, à espera da noite abençoada com a presença de Keiko distribuindo ordens. E assim eu ajudava a pôr o lixo pra fora e urinava sentado na privada, pois afinal duas mulheres moravam ali, e essas eram as regras da casa.

Certa manhã em que Maya e Edu já estavam na escola, e Keiko tinha saído para dar uma aula de português, ele me levou para o aeroporto. Junto comigo, de volta para o Brasil, viajou a fita cassete com a nossa última gravação.

Agora meu amigo voava sobre o Atlântico, não só para o casamento da irmã, mas com um número secreto de stand-up ensaiado diante do espelho. Como é que isso pôde acontecer sem que nos déssemos conta?

Do alto dos meus 52 anos, estou querendo explorar um potencial (ainda) oculto meu, o de comediante. Criei duas rotinas de stand-up prontinhas para serem testadas. São em português, eu encarno um inglês, o Nigel (uns 25 minutos), que adora o Brasil, em especial "as brasileiras", e o Bóris (quinze minutos), um russo que adora o Brasil, em especial as "prostitutas". São dois "acts" de comédia que desenvolvi com carinho, e não consigo achar oportunidade de testar isso aqui em Londres (por ser em português). Queria aproveitar minha visita a São Paulo para eventualmente testar isso numa noite de stand-ups ou algo parecido. Quero me apresentar de graça mesmo. Preciso de um público. Mas estou completamente por fora do circuito. Você conhece alguma casa ou esquema dedicado a isso? Tem alguma sugestão?
Abs.

Nem sempre ele era engraçado. Na verdade, boa parte do tempo era chato pra burro. Às vezes derrubava objetos pelo caminho, fazia uma imitação bastante boa de alguém ou se jogava na piscina imitando um aqualouco. Isso era tudo.

Nessa mesma noite, procurei o telefone da viúva de M., que tocava um café de estilo rock'n'roll bem modesto em algum ponto deserto da Barra Funda. Um café rock'n'roll fuleiro era tudo o que o meu amigo precisava como teatro. Eu nunca tinha visto uma comédia stand-up na vida. Mas os comediantes não são todos neurastênicos na vida real? Jerry Lewis: heroinômano. *I Clown*, do Fellini: palhaços assustadores. No filme, o mundo é dividido entre Augustos e Brancos. Os Augustos são sempre torturados pelos Brancos. Mais ou menos como seria a vida. Que tipo de palhaço era o meu amigo? Baixos, gordos, altos, tatuados, com cara de idiota, sérios, de olhos ejetados, mortos, fazendo piadas sobre judeus e cinzeiros, sobre eles mesmos, histéricos, sem graça, estes são os verdadeiros comediantes. E aí vem o meu amigo, alto, gordo, uma âncora (!) tatuada no braço esquerdo, barbudo, pai de família, ex-trotskista e ex-roqueiro, trazendo Bóris e Nigel na bagagem. A viúva de M., tão estupefata quanto eu, ficou um tempo pensando do outro lado da linha. Fazia quantos anos que a gente não se via? No fim, topou a brincadeira. "É sério", eu disse. A comédia em pé do meu amigo ficou marcada para o meio daquela semana. No céu, sem saber, ele dormia apertado no banco do avião, e sonhava.

Era um Monstro da Comédia em Pé.

Quando ele chegou, nos encontramos no mesmo karaokê de onde ele partiu para o autoexílio, e para o qual sempre retornava, ano após ano.

"Fomos pra Tailândia no verão, e não fizemos outra coisa a não ser comer e dormir num hotel cinco estrelas muito barato, no meio de toda aquela maravilha."

Estamos no karaokê, mas o karaokê mesmo só funciona na parte de cima. Embaixo, comemos nosso peixe cru uma vez por ano. Nossas mulheres não gostam de comida japonesa. Keiko não gosta!

Ninguém ali embaixo se atreve a subir as escadas e cantar — são dois mundos diferentes. Ou se come ou se canta. Mas as vozes lá de cima começam a vazar, e ele retribui fazendo barulho com a sopa de missô.

Às vezes ajusta os ouvidos e presta atenção numa melodia. Acha engraçado descobrir gente que ainda canta certas coisas daquele tempo. As pessoas gritam de felicidade. Ele não deveria beber por causa da doença antiga, mas bebe mesmo assim. Estar num karaokê e não cantar num karaokê nos acontece porque a música também cansa. Estamos bem cansados de música. Um dia ela simplesmente vai embora da sua vida. No karaokê – e nós chegamos bem cedo –, meu amigo demora para entrar no assunto da comédia. Então sua irmã vai se casar. O noivo é um cara legal. Traz dois meninos com ele. Gosta de fotografia. A música do karaokê sobe tanto que quase cantamos junto. Os fregueses do restaurante não se deixam dominar e continuam comendo.

"Escuta, é o Joy Division!"

Na parede, uma folhinha antiga com a gravura da onda gigante, parada no mesmo lugar há vinte anos.

"E se tivéssemos vivido de música?" Eis aí uma pergunta recorrente.

"Ao deixar o Velvet Underground, o Sterling Morrison foi trabalhar como marinheiro num rebocador. Saiu-se tão bem que virou capitão. Parecia feliz no seu barco."

Quando Keiko e meu amigo se casaram, ninguém caiu de tanto beber, nem houve música de casamento.

Era uma manhã nublada de sábado, no começo dos anos 90. Às onze horas, os noivos e os padrinhos e algumas testemunhas, o pai da noiva e o pai do noivo (nenhum dos dois tinha mãe) foram até o cartório em Pinheiros e fizeram a cerimônia. Diante de um juiz sem terno nem gravata, assinaram os papéis e algumas pessoas aplaudiram, mas sem grande entusiasmo, para não estragar o casamento dos outros. E pronto, estavam casados.

    Como nenhuma festa tinha sido planejada, fomos em comitiva até o restaurante que ficava perto da casa deles, e era um lugar mais próximo de um pé-sujo. Bebemos cerveja e comemos a carne que poderia ter sido o nosso café da manhã. Não tinha como não ficar alto àquela hora, e foi o que aconteceu.

    Keiko não atirou o buquê para as amigas solteiras. Não era um casamento comum, não havia buquê, e ela estava vestida de vermelho, a sua cor favorita. E num determinado momento, estavam todos recostados em suas cadeiras de festa de casamento sem festa, e estavam pensando na vida, meio zonzos, como acontece nos casamentos depois que tudo termina. Teve gente que tirou os sapatos.

    Não houve chuva de arroz, porque ninguém pensou nisso. E já havia um bebê ouvindo tudo na barriga de Keiko. O que ninguém suspeitava é que aquele dia azul em que o sol se impôs sobre todas as coisas, e as pessoas pensavam em tudo com aquela infinita doçura que o futuro traz quando estamos desarmados, esses momentos de um dia perfeito seriam os últimos.

    No dia seguinte os dois partiriam para o que seria a lua de mel. O tempo se encarregou de plantá-los na Europa, aos poucos, adiando a viagem de volta. O pai do meu amigo viajou para lá e ajudou um pouco, o pai de Keiko esteve lá quando

Edu nasceu. Depois, no nascimento de Maya. E depois estava morto.

"Eu e Keiko brigamos feio naquela viagem."

"Bom começo", eu disse.

Um dia Keiko foi ao quintal da casa em Londres e descobriu uma coisa num canto do jardim. Por isso ela chorou. Era um nicho com uma foto do pai. Nela, ele aparece sério, mas vivia sorrindo, mesmo quando trabalhava. Era um protético e sorria. Levou a vida dessa forma, e agora ocupa o seu lugar no canto do jardim, próximo do balanço enferrujado dos meninos. Um nicho feito de uma foto com uma faixa preta de luto atravessada e um gato de louça com o braço erguido ao lado, balançando. Sorte sorridente.

Às vezes Keiko passa um bom tempo sentada ali, diante do pai, e meu amigo sente ciúmes. Os dois acabam brigando por causa do pai, que continua sorrindo para eles.

A mãe de Keiko morreu muito jovem. O pai criou as irmãs sozinho, duas delas já se foram, muito mais velhas, e outra teve um acidente em Londrina e vive de cama, entrevada. A família, ou o que sobrou dela, sofre, mas não deixa de achar engraçado o marido de Keiko, sua âncora tatuada no braço, sempre que o vê nas fotografias.

Em Londres, o pai frequentava o pub perto da casa da filha, bebia sozinho e depois seguia bêbado até o parque. Bebia pouco, mas tinha pouca resistência ao álcool. Observava tudo em silêncio, via graça em tudo, sabia ouvir, gostava de música e de Bruce Lee.

"Por tudo isso, merece o lugar no jardim."

"Ah. Encontramos um lugar pra você, Bóris e Nigel", eu disse.

"Sério?"

"Negócio sério." Aí conto onde vai ser.

A música do karaokê parou. Olhamos em volta, os últimos fregueses do restaurante estão sentados atrás dele. É um casal japonês abraçado no mesmo lado de uma mesa de fundo. Ele, um velho de cabelos brancos e camiseta do Kiss. Ela, uma garota de franja e camiseta dos Beatles (*Help!*).

Meu amigo diz que eles se completam. "O Paul é o ídolo do Gene Simmons. Paul foi convidado pelo Franco Zefirelli para fazer o papel de Romeu. E não aceitou. Disseram que tinha morrido."

O homem está com um cigarro apagado na mão, amparando a têmpora. Olha de lado para a menina, quer fumar lá fora e espera permissão. Mais um pouco e deverá se levantar. Ela sopra a franja para o alto e parece se divertir com ele. As unhas pintadas de preto, as mãos pequenas. Eu e meu amigo pensamos a mesma coisa: Keiko.

O homem fecha os olhos e começa a dar atenção a uma música interior, movendo a cabeça no ritmo. Ela parece escutar a mesma música. E ninguém se levanta.

Então meu amigo começa a recordar. Os fios da memória são sempre os mesmos.

"O cabelo dela era curto, lembra? E loiro, bem curto. Na moto, ao vento, ele não ficava atrapalhado. Íamos assim para os comícios, sem capacete, apenas uns óculos de aviador na minha testa. Que louco!

"Sei que não fui muito legal. Também não sei por quê. A gente vivia de um lado pro outro, um bando de camaradas numa espécie de luta contínua. Mas não havia luta nenhuma.

"Lembro que nas reuniões secretas no sítio de alguém, todo mundo transava com todo mundo, era essa a fama do lugar. Por isso eu não deixava que ela fosse, e ela não ia. Ficava na minha garupa, o cabelo imóvel, a cabeça encostada no meu ombro, e era isso o que eu mais gostava.

"Era mais ou menos bonita, muito bonita de corpo, ninguém virava a cabeça na rua por causa dela. Reclamei quando cortou o cabelo, mas depois encarei na esportiva. Não dei uma de Sinatra com a Mia Farrow no *Bebê de Rosemary* ("Vidal Sassoon. Gostou?", ela diz no filme, mas na vida real o Sinatra detestou). Isso não.

"Ela estava sempre igual, na chegada e na partida. Era um anjo. Com ela eu conversava sobre tudo, sobre o que é ter uma vagina e sobre o que quer dizer um sonho, de acordo com o Jung. Todos tínhamos mais simpatia pelo Freud e pelo Marx, e Trótski era o nosso guia, bem como Lambert, o ferroviário. Com ela eu discutia sobre o manifesto da Fiari* Sobre as últimas palavras de Trótski, "Natasha, eu te amo", o que sempre nos levará ao âmago, ao mistério, à origem do mundo. A foto de Breton, Diego Rivera e Trótski juntos era um bom sinal para o futuro. Ela

---

* Federação Internacional dos Artistas Revolucionários Independentes.

suspeitava que eles não fossem amigos, pois Trótski tinha sido amante de Frida, e Breton era Breton, com sua juba leonina.

"Um dia desfraldamos a bandeira da Quarta Internacional no estádio de Vila Euclides, lembra? As camaradas ficaram costurando aquele quatro amarelo com a foice e o martelo no fundo vermelho até altas horas da noite. No entanto, quem costurou a bandeira não pôde abri-la. Os homens da segurança fizeram o serviço.

"Então, de uma hora para outra eu não estava mais a fim, e disse a ela um dia, ao deixá-la em casa, assim que desembarcou da motocicleta. Disse sem meias palavras, sem mais nem menos. Era o nosso hábito de homens e camaradas.

"Ela ficou ali plantada, na frente do jardim, esperando que eu fizesse a curva e desaparecesse para sempre, mas eu a levei para casa dentro do meu retrovisor.

"E é lá que ela continua, o cabelo ainda loiro e curto, uma trotskista na garupa de uma motocicleta.

"Por isso tenho remorsos", ele diz.

A Comédia em Pé do Meu Amigo aconteceu em outubro de 2012, numa quarta-feira à noite, no café rock'n'roll da viúva de M. Tinha umas trinta pessoas lá dentro, como sempre.

Meu amigo aparentava tranquilidade antes de subir ao palco. Perguntei se não sentia falta de Keiko e dos meninos num momento tão grandioso, e ele respondeu que só Keiko sabia do momento grandioso, e que ela já estava dormindo quando ele ligou, e que a resposta dela foi tão natural que ele achou absurdo. E ligou novamente para perguntar se Keiko tinha entendido direito, e ela riu e disse que sim, que fizesse isso mesmo, esse número com Bóris e Nigel, e se livrasse do peso. "Que peso?" "Não sei. Ela estava dormindo".

Meu amigo vestia preto da cabeça aos pés, e eu pensei que devia ser por causa do contraste com a luz e o fundo, para que só ficasse no ar a força da piada na sua cara redonda e peluda.

A viúva de M. trouxe um raminho de flores para ele no camarim. Era um lugar apertado, "igual ao templo do pai de Keiko", ele disse.

A plateia era composta por alguns amigos e poucos desconhecidos, dois ou três fãs entusiasmados. Um deles segurava nossos dois discos, e demos nossos autógrafos. O do meu amigo dizia "Pela Glória do Samba". O fã era um rapaz cheio de espinhas, o mais solitário da noite.

Incrédulos e excitados, vimos a luz se apagar, e um holofote iluminou o centro do palco, onde partículas de poeira ficaram dançando no espaço até ouvirmos os passos do meu amigo chegando devagar, para a eternidade.

Ele entra e os aplausos explodem. Há uma certa felicidade no ar.

Ele está um pouco mais magro e feliz. Em seus domínios.

O palco é pequeno, ele ajeita o microfone e não parece nervoso.

Diz boa-noite com o sotaque de Bóris. Depois, conversa consigo mesmo com o sotaque de Nigel. Aí começamos a rir. Esta é a hora do jazz.

No casamento da irmã, ele tocou o sintetizador Casio antiquado que sempre usávamos, escolhendo um som de órgão que imitava um legítimo Hammond. A gravata berrante o enforcava. Tinha cortado a barba, restara apenas o bigode.

Ele não tocou a "Ave Maria" de Gounod, como era de se esperar, e sim as notas principais de "A Whiter Shade of Pale", do Procol Harum, e as repetiu e repetiu, com emoção. Foi assim que a irmã entrou na capela, rindo e chorando. Os filhos do noivo eram os pajens, e não conseguiam tirar os olhos do organista.

Na festa, só sucessos dos anos 80, e meu amigo dançou todos, à beira da piscina, na casa do seu pai. Parecia mais uma festa para ele, uma despedida, mesmo que ele nunca falhe, e no ano que vem sempre estará de volta, trazendo Keiko e a família, ou o que restar dela.

Seu grande número de dançarino acontece em "Love Will Tear Us Apart", que é uma canção triste, mas não para ele, não para nós, pois meu amigo dubla Ian Curtis como ninguém. As pessoas sempre urram em volta dele, durante a dancinha epilpética.

No fim da festa, no apagar das luzes, quando ajuda o pai a recolher o que sobrou de tudo, senta-se à beira da piscina e vê, entre os reflexos diáfanos da água, Keiko ajoelhada no jardim diante do templo caseiro do pai, e também Edu e Maya soltos no gramado mais uma vez, crescidos, mas ainda se divertindo entre eles.

Sabe que um dia todos irão embora. É só um hippie velho tamanho-família que adora música, um leão desdentado com saudades de casa. A manhã está chegando. O tempo ruge.

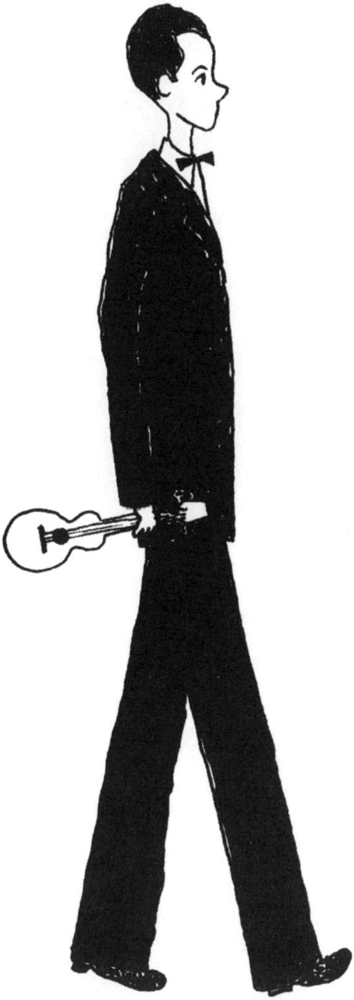

Edição:
Mauro Gaspar

Coordenação editorial:
Adriana Maciel

Projeto gráfico e capa:
Mari Taboada

Revisão:
Eduardo Carneiro

        Volpato, Cadão, 1956-
V931d   Os discos do crepúsculo / Cadão Volpato ; desenhos do autor. – Rio de Janeiro : Numa, 2017.
        190 p. ; il. ; 21 cm.

        ISBN 978-85-67477-08-4

        1. Contos brasileiros. 2. Música. I. Título.

                                  CDD – B869.3

The Beatle

Este livro foi composto em Filosofia c.12/18
e impresso em papel Polen Soft 90/m²
pela Rotaplan Gráfica em fevereiro de 2017.